사는 게 뭐라고

사는 게 뭐라고

시크한 독거 작가의 일상 철학

사노 요코 이지수 옮김

마음산책

사는 게 뭐라고

1판 1쇄 발행 2015년 7월 15일
1판 37쇄 발행 2024년 10월 5일

지은이 | 사노 요코
옮긴이 | 이지수
펴낸이 | 정은숙
펴낸곳 | 마음산책

등록 | 2000년 7월 28일(제2000-000237호)
주소 | (우 04043) 서울시 마포구 잔다리로3안길 20
전화 | 대표 362-1452 편집 362-1451   팩스 | 362-1455
홈페이지 | www.maumsan.com
블로그 | blog.naver.com/maumsanchaek
트위터 | twitter.com/maumsanchaek
페이스북 | facebook.com/maumsan
인스타그램 | instagram.com/maumsanchaek
전자우편 | maum@maumsan.com

ISBN 978-89-6090-229-9 03830

* 책값은 뒤표지에 있습니다.

나는 깨달았다.

사람을 사귀는 것보다

자기 자신과 사이좋게 지내는 것이

더 어렵다는 사실을.

차 례

나는 아무것도 모른다.

꽃 한 송이의 생명조차 이해할 수 없다.

다만 아는 것이라고는

나 자신조차 파악하지 못한 채

죽는다는 사실이다.

나는 그런 사람인 것이다

2003년 가을 1 X월 X일

6시 반에 눈을 떴다. 눈을 뜨자마자 벌떡 일어나는 사람도 있다는데 믿을 수 없다. 일어나서 대체 무얼 하는 것일까? 베갯머리를 더듬거려 손에 잡힌 책 『베트남에서 온 또 한 명의 마지막 황제』를 꾸벅꾸벅 졸면서 읽었다. 나는 베트남에 대해서 아무것도 모른다. 베트남전쟁을 다룬 미국 영화 속 정보랑 보도된 뉴스밖에 모른다. 그렇다 치더라도 백인들은 지독하다. 역사가 시작된 이래 내내 그랬다.

대체 뭐 하는 작자들이람. 잠이 덜 깨서 화가 4분의 1쯤밖에 나지 않은 채 다시 잠들었다. 깨어나니 8시 조금 전이었다. 누워서 와이드쇼를 보았다. 배를 움켜쥐고 웃었다. 가짜 아리스가와 모 씨가 사기 결혼식을 올렸는데, 배우 이시다 준이치가 영문도 모르고 축의금 5만 엔을 주고 온 모양이다. 갑자기 이시다 아무개가 좋아졌다. 아, 즐겁다. 즐거운 상태로 일어나려고 기운을 냈다.

빵이 다 떨어져서 커피숍에 아침을 먹으러 갔다. 걸어서 2분 만에 도착했다. 돈만 내면 아침을 먹을 수 있다니 도시는 굉장 하다. 셀프서비스용 쟁반을 들고 막다른 곳까지 슬슬 걸어갔 다. 작은 테이블 딱 한 자리가 비었고, 벽을 따라 테이블이 6개 정도 늘어서 있었다. 담배에 불을 붙인 다음 벽을 등지고 앉 은 사람들을 둘러보았다. 전부 여자였다. 전부 할머니였다. 그 중 넷은 담배를 뻑뻑 피우고 있었다.

전부 늦은 아침을 먹는 듯했다.

전부 홀몸으로 보였다. 예전에 파리 변두리의 식당에서 매 일 밤 같은 자리에 앉아 혼자 저녁을 먹는 노파를 보고 깜짝 놀란 적이 있다. 목을 앞으로 굽힌 채 혼신의 힘을 다해 고기 를 썰고, 기이할 정도의 에너지로 고기를 씹어 삼키고 있었다. 나이는 아흔쯤으로 보였다. 녹색 모자를 쓰고 음식에 몰두하 며 무언가 못마땅하다는 듯한 기운을 내뿜었다. 그대로 픽 하 고 고꾸라져 숨이 끊어져도 이상하지 않을 것 같아서 조마조 마했다.

정신을 차리고 보니 접시가 핥기라도 한 것처럼 깨끗이 비어 있어서 경악했다. 지팡이를 짚고 비틀거리며 문밖의 빛 속으로 사라진 코트 뒷모습은 고집불통 고독의 덩어리였다. 그대로 저

세상을 향해 가는 것처럼 보였다. 과연 육식 인종, 역시 유럽인이다. 그 무렵의 일본에는 존재하지 않은 사람이었다.

그러나 지금 여기, 커피숍에서 아침을 먹는 할머니들은 파리의 노파를 서서히 닮아간다.

하나하나 살펴보면 말쑥한 얼굴에 옷차림도 단정하다. 예쁘게 흰머리를 말아 올린 일흔 후반의 어느 할머니는 롱스커트에 커다란 연보랏빛 스카프를 어깨에 걸치고 여유롭게 커피숍을 나갔다. 저 사람은 필시 부유층 샐러리맨 부인이었을 테지. 그 옆의 할머니는 머리를 짧게 자르고 밤색으로 물들였다. 검은 바지에 짧은 재킷을 입고 문고본을 읽는 모습이 정년퇴직한 커리어우먼 같다.

그 옆 사람은 옛날 영국의 가정교사처럼 보였다. 회색 타이트스커트에 털실로 짠 조끼, 흰색 블라우스의 작고 둥근 옷깃에는 섬세한 레이스가 달려 있고, 그 이음매는 카메오 브로치로 장식했다. 요즘 시대에 카메오 브로치를 다는 사람은 없다. 정말로 추억의 패션이다. 그러나 내 차림새도 남들 눈에는 이상하게 보일 것이다. 청바지에 인도 자수가 놓인 윗도리, 발에는 세이유대형 마트 체인점에서 500엔에 산 샌들을 아무렇게나 꿰어 신었다. 예전에는 이런 할머니가 없었다. 보나 마나 독거노인 냄새가 풀풀 나겠지. 내일 이 시간에 오면 다시 같은 얼굴을 마주치게 될지도 모른다. 그리고 아무도 남들과 대화하지

13

않을 것이다. 이유도 없이 기운이 솟아났다. 역사상 최초의 장수 사회를 살아가는 우리 세대에게는 생활의 롤모델이 없다. 어둠 속에서 손을 더듬거리며 어떻게 아침밥을 먹을지 스스로 모색해나가야 한다. 저마다 각자의 방식을 찾아야 하는 것이다.

어슬렁어슬렁 커피숍을 나오자마자 방금 무슨 샌드위치를 먹었는지 까먹었다. 흘끔흘끔 '동지 할머니' 관찰에 열중해서 그런지, 치매에 걸려서 그런지 모르겠다.

그대로 휘적휘적 교카이도리를 걷는다.

이곳은 한때 번화한 상점가였지만 지금은 덧없는 복고풍 분위기가 감도는데, 그 적적함이 오히려 아름답다.

막다른 골목 근처에 닭고기를 파는 정육점이 있다. 닭 뼈를 발라 판다.

그래, 이곳에서라면 틀림없이 갓 발라낸 뼈를 살 수 있겠지. 국물을 우려서 냉동해두자. "닭 뼈 주세요." "뼈? 뼈는 없는데." "거기 있잖아요." "이건 전부 예약 끝났수." "뭐라고요?" "식당에서 전부 가지고 가거든. 요샌 냉동 말곤 없다니까. 그래서 식당에선 우리 집 뼈를 좋아하는 거라고." 각진 얼굴에서 음침한 정열을 풍기는 아저씨가 점점 자랑하는 기색을 내

비치기 시작했다.

"어디 한번 찾아보쇼, 전부 냉동이지. 세이유든 기노쿠니야 ^{종합 식료품점}든 가보라고." 듣고 보니 그렇다. "한 개도 안 돼요?" "오늘은 끝. 뭐 만들 거요?" "국물 내려고요." 닭 뼈에 국물 내는 것 말고 어떤 쓰임이 있는지 모르겠다.

"손님한텐 팔 게 없는데." 없다고 하니 미련이 남는다. 나는 진열장 속 고기를 구경했다. 번들번들하고 탱탱한 간이 맛있어 보였다. "간 500그램 주세요." 아저씨는 간을 비닐봉지에 싸면서 물었다. "이렇게 많이 사서 뭐 하시게?" "리버 페이스트 만들 거예요." "으흠, 한번 만들어보쇼. 다른 데 간이랑 확실히 다를 테니까. 냉동 간으로 만들면 흐물흐물해서……." 아저씨의 음침한 정열은 점점 불타올라서, 한없이 사랑하는 닭에서 헤어날 줄 몰랐다.

아저씨는 잔돈을 건네며 "수요일 아침에, 어디 보자…… 11시 반까지 오면 뼈 한두 개는 줄 수 있겠수. 수요일이오, 수요일" 했다. "수요일, 아침이란 말이죠?" 나는 집까지 "수요일, 아침, 수요일 아침" 하고 되뇌며 돌아왔다. 마치 어릴 적 심부름 같다. 내 지능은 네다섯 살 아이나 마찬가지일지도 모른다. 하지만 네다섯 살의 뇌세포는 자라나는 뇌세포다. 반면 내 뇌세포는 떨어져 나가기만 한다. 요즘은 익숙해져서 슬프지도 않다.

이제 와 네다섯 살로 되돌아가서 한 번 더 살라고 해도 끔

찍하다. 그것만큼은 참아줬으면 좋겠다.

　자랑은 아니지만, 아니 자랑이지만 내 리버 페이스트는 일품이다. 상점에서 파는 것 따위는 리버 페이스트라고 할 수도 없다. 비법은 쪼르르 따라 넣은 브랜디. 술을 안 마시는 나에게 포도주 같은 건 들고 오지 말았으면 좋겠다. 전부 남들이 마시고 가니까. 하지만 나폴레옹이라면 환영이다. 아직 요리에 쓴 적은 없지만 리버 페이스트에 넣어보고 싶다. 아주 예전에 고급 고시노칸바이_{니가타 현에서 생산되는 술}를 요리에 듬뿍 넣었더니 애주가인 남편이 격분했다. 10년도 넘게 되새기며 화를 냈다. 아직도 화가 나 있을 것 같다. 나는 미안한 기색도 없이 술고래는 게걸스럽다고 생각했을 뿐이었다.

　리버 페이스트는 장시간 뭉근히 볶은 양파로 단맛을 낸다. 양파를 오래 볶으면 얼마나 달콤해지는지 나는 알고 있다. 한번은 양파 수프를 만들려고 큰 냄비에 네 시간 동안 양파를 볶은 적이 있다. 냄비 가득했던 새하얀 양파는 네 시간이 지나자 주먹 크기의 투명하고 옅은 갈색 덩어리로 변했다. 살짝 집어서 먹어보았더니 믿을 수 없을 정도로 달았다. 흡사 과자였다. 나는 선 채로 전부 먹어치웠다. 양파 일고여덟 개 분량이었다. 나중에 양파 일고여덟 개를 5분 만에 먹었다고 생각하니 기분이 이상해졌다. 수프 재료는 다 먹어버렸다.

오늘 만든 리버 페이스트는 표면이 지나치게 익어서 거뭇했지만 그래도 맛있었다.

미미코 씨 집에 반쯤 덜어서 가지고 갔더니, 미미코 씨는 작은 케이크만 한 것을 홀랑 입에 넣고 말했다. "맛있어." "앗…… 아……." 나는 탄식을 내뱉은 후에 중얼거렸다. "그거 빵이나 크래커에 발라 먹지 않으면 몸에 안 좋은데." 버터도 꽤 많이 들어갔다. 미미코 씨는 오만 다이어트를 하는 중이면서도.

나는 리버 페이스트를 만들 때마다 유유코를 떠올린다. 유유코는 내 친구 애인이었지만 나중에 헤어졌다. 그 친구와 나는 매우 각별해서 유유코와 해외여행도 몇 번이나 함께 갔다. 유유코는 엄청난 요리 달인에다 넋 놓고 바라볼 정도로 음식을 맛있게 먹는 여자였다. 나는 수제 리버 페이스트를 유유코한테 배웠다. 친구와 유유코가 헤어지네 연을 끊네 하는 통에 내 주위에서 대지진이 일어나던 참이었다.

대지진을 겪으며 이건 안 되겠다, 두 사람에게 미래는 없다, 유유코는 내 친구 애인이니까 두 사람의 미래가 없어지면 나와 유유코의 인연도 끊어지겠지, 하고 생각했다. 분명히 말해두지만 친구와 나는 절대 수상쩍은 관계가 아니었다. 서둘러야 했다. 나는 진도 7 정도의 재해를 입은 유유코에게 전화를 걸었다. "저기, 리버 페이스트 만드는 방법 좀 알려줘." 유유코는 기가 막혔다고 한다. "그 상황에서 리버 페이스트 레시피를 알려달라잖아. 사노 씨는 그런 사람인 거야!" 하고 격분했다는 사실을 나중에 전해 들었다. 친구한테 "당신이랑 헤어져서 딱 하나 좋은 점이 있어. 이제 사노 씨랑 안 만나도 된다는 점이야"라고도 말했다고 한다. 나는 그런 사람인 것 같다. 그로부터 15년이 지났다. 나는 지금까지 리버 페이스트를 만들고 있다.

생비트를 통째로 삶아 따끈따끈할 때 버터를 발라 먹는 방법도 유유코한테 배웠다. 비트를 삶은, 믿을 수 없이 선명한 진홍색 물은 감동적이었다.

이런 말을 하면 유유코가 더욱 화를 내겠지만, 돼지갈비에 라즈베리 잼을 발라 먹는 요리도 배우고 싶었다. 나는 그런 여자인 것이다. 하지만 이미 15년이나 지나버렸다. 늙은 내 위장이 돼지갈비를 소화시킬 수 있을지조차 모르겠다.

유유코의 요리는 풍성하면서도 생동감이 넘쳤고 큼직큼직했다. 유유코의 요리를 보고 깨달았다. 세상에는 대범한 요리와 좀스러운 요리가 있다는 사실을. 계량스푼으로 정확하게 재어 만들어도 찔끔찔끔 옹졸한 맛이 나게 요리하는 사람이 있다.

겉보기에는 그럴싸하지만 맛에 깊이가 없는 요리를 만드는 사람도 있다. 내가 어떤 요리를 만드는지는 나도 모른다. 잘할 때와 못할 때의 격차가 커서 나조차도 내가 만든 음식을 입에 넣었다가 뱉어버린 적도 있으니까, 불안정한 인격이 요리에 그대로 반영된 것일지도 모른다. 유유코를 격분시킨 이후 그녀와 한 번도 만나지 않았다. 미안한 말이지만, 그녀를 화나게 만들긴 했어도 리버 페이스트 레시피를 배워둬서 다행이다.

리버 페이스트를 만들 때마다 반드시 유유코를 떠올린다.

냉장고 속에 자투리 채소가 뒤섞여 있다. 자투리 채소라고는 해도 양배추는 한 통 온전히 남아 있다. 나는 어릴 적부터 양배추를 좋아하지 않았다. 특히 된장국에 든 양배추가 싫었다. 양배추 때문에 된장국에서 묘한 단맛이 났으니까. 하지만 옛날부터 양배추는 저렴했다. 양배추 된장국에 양배추 볶음을 먹는 경우도 자주 있었다(저녁 메뉴가 가지 된장국에 가지 된장 볶음일 때도 있었다). 크로켓이나 돈가스에 곁들인 채 썬 양배추를 먹을 때면 양배추가 입안을 와삭와삭 찌르는 것 같았다. 아무리 생각해도 돈가스 소스를 뿌린 채 썬 양배추가 맛있다고 느낀 적은 한 번도 없다. 그래도 양배추를 먹는 편이 몸에 좋겠지, 라는 생각에 사두긴 한다. 아침 식사로 콘비프에 채 썬 양배추를 볶아 먹을 때도 있지만, 콘비프는 감자랑 볶는 게 맛있다. 양배추는 베이컨, 버섯과 먹거나 다진 고기와 함께 수프를 끓여 먹기도 하는데, 양배추보다는 배추가 더 맛있다. 하지만 냉장고 속에 항상 들어 있는 건 양배추다. 나는 양배추를 네 덩어리로 자른 다음, 채칼로 가늘게 썰었다. 그러다 손톱과 손가락 끝이 잘려서 피가 났다. 손가락이 터무니없이 아파서 쳐다봤더니 피가 뚝뚝 떨어지고 있다. 아차차, 서둘러 반창고를 붙였다. 잘린 손톱과 피부는 양배추 속에 파묻혔다. 나는 왜 샀는지 기억에 없는 빨간 파프리카를 채 썬 다음, 노란 파프리카도 썰어 넣었다. 섞었더니 아름다웠다. 그러고는 하나 남은 오이도 마저 썰었다. 피망도 두 개 썰어 넣었다. 나는 아침상에 빨간 파프리카니 노란 파프리카니 허세 부리며 접시에다 차려내는 사람을 보면 이상하게 화가 난다. 새로운 것만 좋아하는 인간들 같으니. 전후제2차 세계대전 이후 땐 당신들도 양배추 단맛 나는 된장국을 먹었을 텐데, 가난했던 과거를 잊어선 안 된다고! 특히나 방울토마토 옆에 파슬리 따위를 얹는 사람을 보면 '그런 얄팍한 장식에 내가 넘어갈 것 같아? 그러니까 루이뷔통이니 셀린이니 사는 거라고!' 하며 관계없는 일까지 끌어들인다. 하지만 이런 내가 말하는 것이다. "우와, 예뻐라. 호텔 음식 같아." 호텔 조식은 따분하다.

랩에 싼 양파가 반 개 남아 있어서 그것도 썰었다. 그러자 볼에 채소가 한가득 쌓였다. 아직 여주도 반 개 남아 있다. 여주도 썰었다. 전부 섞었다. 몇 번이고 양손으로 섞어 풍성하게 만들었다. 찾아보니 절반 남은 셀러리도 있었다. 그것도 썰었다. 이제 어쩐담. 나는 마늘을 빻아 빈 식초병에 넣고 드레싱을 만들었다. 섞은 채소를 그릇에 담고 드레싱을 뿌려 먹었다. 여주 맛이 어떨지 걱정이었지만 의외로 대성공이었다. 입안 가득 쓴맛이 퍼진다. 아, 쓰다, 하며 먹다 보면 입속에 침이 고인다. 쓴맛이 입속을 자극해서 침이 나오니 식욕이 왕성해진다. 양배추 따위는 아무 맛도 안 난다. 남은 채소를 커다란 통에 담아 냉장고에 보관했다. 반 남은 사과도 잘라서 함께 넣었다.

밤에 〈프로젝트 X〉힘든 과정을 극복하고 성공하는 프로젝트를 소개하는 NHK 다큐멘터리를 보면서 울었다. 저런 훌륭한 사람들이 다 있나. 오늘의 프로젝트는 사력을 다해 만국박람회를 경비하는 것이었다. 그나저나 저 아무개 도모로오다구치 도모로오. 〈프로젝트 X〉의 내레이션을 담당한 배우라는 사람의 목소리로 "그때 ××는 말했다. 좋아, 해보자고! ○○는 묵묵히 고개를 끄덕였다"라는 내레이션이 흐르면, 설령 프로젝트가 군고구마 장사라 해도 눈물이 날 지경이다. 모처럼 시청자를 감동시키려고 만든 방송이니만큼 우는 게 이득이겠지.

울어서 배가 꺼졌다. 통에 넣어둔 믹스 채소를 그릇에 덜고 드레싱을 뿌려 먹었다. 이로써 오늘 분량의 채소는 충분히 섭취한 것 같다. 그래도 믹스 채소를 전부 다 먹으려면 하루하고도 반나절, 다섯 번은 더 먹어야 한다.

옷장을 뒤져 보니 가죽 장갑이 한 짝밖에 없다. 한 짝밖에 없는 장갑만큼 찝찝한 것은 없다. 찝찝한 채로 가만히 있을 수 없다. 무코다 구니코는 한 짝밖에 없는 장갑으로 상당히 요염한 이야기를 썼다. 하지만 내 장갑이 없어진 것과 요염함 따위는 아무 관계도 없다. 그냥 사라졌을 뿐이다. 그냥 사라지다니 그것도 대단하다. 어쩌면 작년에 코트 속에 넣어둔 걸 깜빡했을지도 몰라서 코트 주머니를 전부 뒤졌다. 구깃구깃한 손수건 한 장에 두 번 접은 1천 엔짜리 지폐 두 장이 나왔다. 2천 엔이 나왔는데도 기쁘지 않다.

별안간 산 지 일주일 정도 된, 회색과 검은색 줄무늬 머플러도 안 보인다는 데 생각이 미쳤다. 장갑을 찾는 중인데 어째서 머플러 생각이 난 건지 모르겠다. 짧은 머리카락이 사방팔방으로 쭈뼛거렸다. 없어지고 나니까 장갑을 꼈을 때 손에 착 감기는 부드러운 감촉이 양손에서 몇 번이나 되살아났다. 목 언저리에서 따스했던 머플러의 느낌도, 특히 턱 밑의 포근한 감촉이 생생했다. 철컥철컥 옷장 서랍을 몇 번이나 여닫았다. 그러자 서랍 속이 엉망진창이 되어서 우울해졌다. 신경은 곤두서 있는데 가슴은 꺼질 듯 먹먹했다. 천재지변이라도 덮친 것 같다. 재앙이란 이런 걸 두고 말하는 것이다. 한참을 털썩 주저앉아 있었다. 주저앉아 있어봤자 방법이 없어서 소파로 가서 나자빠졌다.

그러자 베네치아의 거리가 눈앞에 떠올랐다.

베네치아의 거리가 눈앞에 떠오르자 영화 〈여름의 폭풍 Senso〉의 알리다 발리가 사랑에 미쳐 베네치아를 돌아다니던 모습이 머릿속에서 선명하게 재생되었다.

알리다 발리는 어둡고 좁은 골목길을 빙빙 돌고 있다. 이번에는 리도 섬 해안의 의자에 앉은, 머리카락에서 검은 땀방울이 떨어지고 있는, 〈베니스에서의 죽음Morte a Venezia〉에서의 더크 보거드의 이마가 떠올랐다. 강한 햇볕이 내리쬐는 이쪽은 한낮이다.

그리고 내가 장갑을 산, 베네치아의 장갑 가게가 머릿속에 휙 나타났다가 휙 사라진다. 15년도 더 된 일이다. 장갑 가게 여주인은 일본인인 나를 깔보고 있었다. 싼 물건을 사도 비싼 물건을 사도 나를 대하는 태도는 나빠질 것이 분명했다. 나는 눈 딱 감고 가장 고급스러운 물건을 사서는 도망치듯 가게를 나왔다.

함께 간 친구는 베네치아에서라면 〈여정Summertime〉의 로사노 브라지와 마주치지 않을까 하며 두리번거렸다. "넌 일본에서도 남잘 못 찾았으니까 여기서 로사노 브라지랑 마주칠 리 없다고!" 나는 몇 번이나 외쳤다. 그 애는 시끄럽고 거추장스러웠다.

나는 나름대로 그 장갑을 몹시 아꼈다. 소중히 다루면서, 손에 낄 때는 반드시 가게 여주인의 코웃음을 떠올렸다. 장갑이 없어지면 그 여주인의 코웃음도 기억에서 사라질까 했더니, 아쉬움과는 별개로 여주인의 코웃음은 뇌리에 계속 남아 있었다.

내일은 곧바로 장갑을 사러 가야겠다. 치매는 돈이 든다.

테이블 위에 반쯤 마른 귤이 굴러다닌다. 바구니 속에 마른 귤이 네 개 정도 들어 있다. 전부 반으로 잘라 귤 착즙기에 넣고 윙윙 돌렸다. 이 귤 착즙기는 어느 집에나 있는 물건이 아니다.

몸이 불편한 친구가 한 손으로도 귤 주스를 만들 수 있는 착즙기라면서, 장애인에게 편리한 물건은 일반인에게도 유용하다며 준 것이다. 감귤류만 넣을 수 있다. 그 친구에게 받은 것은 작업실에 두고 왔는데, 도쿄로 이사 왔을 때 또 다른 친구가 필요한 것 없냐기에 내 돈으로는 아까워서 못 사는 귤 착즙기를 사달라고 했다. 얼마 후 택배로 착즙기가 도착했다. 나는 기뻐서 박스를 북북 뜯은 다음 부엌 창가에 두러 갔다가 싱크대 앞에서 망연자실했다. 창가에는 이미 완전히 똑같은 새 착즙기가 있었다. 사둔 것을 홀랑 잊고 있었다. 적어도 두 달 동안 매일매일, 하루에도 몇 번씩 봤으면서. 머리털이 쭈뼛

섰다.

　냉장고 속에 설거지한 커피 잔이 두 개 들어 있던 적도 있었다. 그러고 나서 얼마 후 냉장고를 열었더니 설거지한 절구와 절굿공이가 들어 있었다. 그때도 올 것이 왔다고 생각했지만, 이번 일은 그 이상이다.

　나는 선 채로 울기 시작했다. 이번에야말로 진짜다. 친구에게 면목이 없었다. 하지만 그때조차 내 머리는 약삭빠르게 돌아갔다. 눈물이 나는 동안 친구에게 사과하자. 나는 울면서 전화를 걸었다. "있잖아, 흑……." "왜, 무슨 일이야?" "저기, 훌쩍, 나 이제 정말 치맨가 봐. 너한테 받은 귤 착즙기…… 흑, 내가 이미 산 거야. 흑흑." "뭐라고?" "맨날 봤는데도 몰랐어. 으흐흑." "……그럴 때도 있는 거지, 뭘. 괜찮아. 난 집 안에서 부엌칼 잃어버렸는데 아직 못 찾았어. 근데 언제 샀어?" "기억이 안 나." "너, 토스터랑 냄비랑 자질구레한 부엌 용품 한꺼번에 산 적 있잖아." "응." "그런 건 원래 세세하게 기억이 안 나는 법이야." "……." "괜찮아." "미안해." "괜찮다니까. 뭐야, 큰일이라도 난 줄 알았네." 좋은 사람이다. 그 귤 착즙기로 만든 귤 주스를 마시면서 〈뉴스 스테이션〉을 보았다. 그나저나 아나운서 구메 히로시는 매일같이 공들여 고른 듯한 양복을 입는다. 구메 히로시는 자기 머리가 좋다는 사실과 양복이 어울린다는 사실을 잘 알고 있다는 게 티가 난다. 졸리지도 않은

데 잘 준비를 마쳤다.

아침에 읽다 만 책을 읽었다.

오늘 아침 커피숍에서 본 할머니들, 저녁은 무얼 먹고 자는 걸까.

요리에는 기세라는 게 있다

2003년 가을 2 X월 X일

7시 반에 눈을 떴다. 기분이 몹시 나쁘다. 오늘은 완전히 재수 옴 붙은 하루가 될 듯한 예감이 든다. 몸 어딘가가 아프거나 열이 있는 것도 아니다. 단지 기분이 안 좋을 뿐이다. 아침에 상쾌하게 벌떡 일어나는 사람들의 기분을 모르겠다. 이런 생각을 하자마자 나는 문자 그대로 용수철처럼 침대에서 튀어나와 계단을 구르듯 내려갔다. 1,980엔 주고 산, 트레이닝복 같은 빨간 잠옷을 입고 있어 다행이었다. 쓰레기다, 쓰레기. 불연성不燃性 쓰레기를 버리는 날이다. 불연성 쓰레기는 8시에 딱 맞춰서 수거해 간다. 일주일에 한 번밖에 못 버린다. 불연성 쓰레기의 양이란 믿을 수 없을 정도로 많다. 두부, 생선, 토마토, 온갖 것들이 비닐로 포장되어 있기 때문이다. 정육점 접시, 두부 용기, 알루미늄포일, 약봉지, 담뱃갑의 셀로판과 은박지, 비닐 끈, 달걀 용기, 깻잎 한 묶음도 스티로폼 용기에 들어 있다.

어젯밤 골라내어 통에 넣어둔 쓰레기를 현관 앞 길가에 내놓았다. 휴, 제시간에 맞췄다. 집 근처를 흘끔흘끔 둘러보았다. 사람이 하나도 없다. 트레이닝복풍의 빨간색 상·하의는 역시 남들 눈에는 잠옷으로 보이겠지. 제시간에 성공하고 나니 또 한 번 피로와 짜증이 우르르 몰려왔다. 방으로 돌아올 때는 난간을 붙잡고 기어 올라갔다. 다시 침대로 들어갔다. 생각할 거리가 없어서 쓰레기에 대해 생각했다. 불연성 쓰레기의 대부분은 음식물 포장이다. 내용물보다 쓰레기가 더 많다.

집에서 요리를 열심히 하면 할수록 쓰레기가 산처럼 쌓인다. 완제품을 사 오면 사 올수록 불연성 쓰레기가 산처럼 쌓인다. 요전에 토토코 씨가 우리 집에서 술을 마시고 취해서 같은 말만 되풀이한 적이 있는데, 그 말인즉슨 쓰레기가 되는 비닐봉지를 절대 집에 가지고 오면 안 된다는 것이었다. "마트에 갈 땐 장바구니를 가지고 갈 것! 난 항상 들고 다녀. 근데 남편은 암만 말해도 마트에 장바구닐 들고 가질 않아. 백화점 지하는 특히 심하다고. 가는 가게마다 비닐봉지를 주잖아. 그것도 내용물이 일일이 이중 삼중으로 포장돼 있는데. 한 번 갔다 하면 비닐봉지를 네다섯 개씩 들고 온다고. 남자들은 왜 장바구닐 싫어할까? 쓰레기 중 가장 많은 게 비닐봉지라니까!" 그리고 맥주만 왕창 마시다가 화장실에 갔다. 화장실에서 돌아와 자리에 앉자마자 "어째서 남자들은 장바구니를 안 들고 가는 걸까. 그거 알아?⋯⋯" 하며 아까와 같은 말을 내내 되풀이했다. 그리고 또다시, 화장실에 갔다. 이번에는 거실 문 쪽에서 걸어오다가 "쓰레기 중 가장 많은 게 비닐봉지야⋯⋯"라고 중얼거리며 자리에 앉았다. 듣다 보니 순서도 단어도 말투도 복사한 듯 똑같았다. 주정뱅이의 머릿속이 들여다보이는 것 같아서 재미있었다. 토토코 씨는 맑은 정신일 때도 몹시 착실하지만 취하니까 더더욱 착실해졌다. 맑은 정신일 때의 착실함만으로는 부족했던 것인지, 정신을 놓으면 놓을수록 착실해진다.

옛이야기를 들먹여봤자 아무 소용없겠지만, 예전에는 빈 병을 가지고 가게에 가면 참기름이든 식초든 무게를 달아 팔았다.

가게 아저씨나 아주머니가 참기름을 작은 구리 국자로 떠서 손을 높이 들고 병에다 가늘게 가늘게, 마치 끈처럼 떨어트리는 모습을 마술 구경하듯 감탄하며 보곤 했다.

마치 늘었다 줄었다 하는 생물 같았다.

포장지를 두 번 접어 겹친 다음 종이 끈으로 칭칭 감아서 타래를 만들기도 했다. 감으면 감을수록 점점 커지는 끈 타래가 집집마다 있었다.

아, 올바른 일본 서민이여. 어디로 사라졌는가.

투덜투덜 불만에 차 침대에 누워 있는데 전화벨이 울렸다.

"뭐 해?" "아무것도 안 해. 근데 나 정말 치매인가 봐. 어제 카드 명세서가 왔는데 전자 제품 매장에서 12만 엔 썼더라고. 뭘 샀는지 진짜 기억이 안 나는 거 있지. 자질구레한 걸 많이 샀나? 심각하지?" 나는 어젯밤부터 찜찜했던 일을 친구에게 털어놓았다.

"너 그거, 냉장고!" 친구가 냉큼 대답했다. 아, 맞다. 머릿속의 뭉게구름이 말끔히 개었다.

"난 말이야, 통장을 봤더니 65만 엔이나 인출했더라. 어디에다 썼는지 도무지 모르겠어." 나는 곧바로 말했다. "너 그거, 부동산취득세." "앗, 맞다." 어째서 남의 지출은 안 까먹는 것일까. 머릿속이 상쾌해져서 기쁘게 일어났다.

일어나서 차를 끓이며 텔레비전을 보았다. 배가 하나도 안 고프다. 텔레비전에서는 요리 방송이 나오고 있다. 몸집이 큰 외국인 여자가 등장한다. 미인이다. 이 언니의 요리는 거침없다. 부엌 전체를 활달하게 돌아다니면서 손짓 몸짓 섞어가며 대량의 샐러드를 만든다.

짙푸른 푸성귀를 대강 씻은 다음 손에 쥐고 휙휙 물기를 털어낸다.

물방울이 부엌에 사방팔방 흩날린다. 여자는 카메라를 향해 뭐라고 말하면서, 손 쪽은 쳐다보지도 않고 커다란 볼에 대고 푸성귀를 거칠게 팍팍 뜯었다. 모든 재료를 실로 대범하게 자르고 잇달아 볼에 처넣었다. 소스를 만들 때도 마늘을 절구에 넣고 있는 힘껏 빻았다. 식초도 오일도 마음 가는 대로 뿌리고, 마지막에 치즈를 쓱쓱 갈아서 드레싱에 넣었다. 양손으로 푸성귀를 퍼 올리듯 섞고 드레싱을 휙휙 뿌려 마구 뒤섞은 다음 "자, 완성되었어요. 정말로 맛있답니다!" 하며 허리에 손을 올리고 생긋 웃었다. 그런데 그 샐러드가 정말로 맛있어 보였다. 그렇다, 요리에는 기세라는 게 있다. 음, 마음에 든다. 나는 그 대범함에 마음이 이끌렸다. 다이내믹하고 서글서글한 맛이 상상된다. 내일도 봐야지. 왠지 어떤 요리든 손쉽게 만들 것 같다. 일본인은 이 언니에 비하면 너무 진중하다.

예전에 본 요리 방송에서, 그런 방송이 하도 많아서 어떤 프로였는지는 까먹었지만, 보다가 토할 것 같은 음식을 만든 적이 있다.

꽁치 오렌지 주스 영양밥이라는 요리였다.

물 대신 사각 종이 팩에 든 오렌지 주스를 콸콸 붓고, 꽁치 한 마리를 넣어 전기밥솥 스위치를 켠다. 완성된 오렌지색 밥 위에 꽁치 살을 발라내어 섞는다. 맛을 상상조차 할 수 없다.

속이 메슥거린다. 아, 메슥거린다. 그때 나는 결심했다. 얼마나 끔찍한 요리인지 어디 한번 먹어나 보자고.

꽁치와 오렌지 주스를 사 와서 만들어보았다. 그런데 예상

과는 달리 맛있었다. 완전히 동남아시아 음식 맛이 났다.

이야, 맛있다. 밥이 달착지근하면서도 시큼해서 꽁치와 궁합이 딱 맞았다. 밥 위에 고수를 얹으면 더 맛있을 것 같았다. 다음번에 만들 때는 고수도 넣어 친구들한테 대접했다. 모두들 맛있게 먹었다. 그렇게 메슥거리는 방송을 보고 실제로 만들어본 사람은 전국에 나밖에 없을 것이다.

하지만 매년 만들고 싶지는 않았다.

나는 원래 꽁치 영양밥을 아버지 고향의 조리법대로 만든다.

생물 꽁치와 마늘잎을 넣고 밥을 짓는 게 다인 요리다. 밥은 간장이 들어가 갈색이 감돌고, 갓 지은 후 꽁치 머리를 들면 살과 내장이 깨끗하게 떨어진다. 머리와 꼬리 사이의 섬세하고 아름다운 꽁치 뼈. 나는 어릴 적부터 엄마가 꽁치 머리와 꼬리를 젓가락으로 들어 올릴 때마다 놀란 토끼 눈으로 그 광경을 바라보았다. 그런 다음 엄마는 내장을 감싼 잔뼈를 젓가락으로 발라냈다. 그 시절 이후 나는 마늘잎을 본 적이 없다. 마늘잎에는 수선화 잎을 길쭉하게 만 것 같은 줄기가 붙어 있다.

숨이 죽은 마늘잎과 꽁치를 섞으면 마늘 향과 비슷하면서도 좀 더 부드러운 잎사귀의 향기가 난다.

마늘은 앞마당 밭에서 키웠다.

도쿄에서 만들 때는 생강이나 우엉을 넣기도 했지만, 그렇게 만든 밥은 짝퉁 꽁치 영양밥이다.

구운 은어가 남으면 밥 지을 때 함께 넣었다. 레몬을 뿌리면 맛있었다.

배가 안 고파서 냉동해둔 바나나와 우유를 믹서에 윙윙 돌려 마셨다. 냉동 바나나를 싼 랩을 벗겨내면서 아아, 또 쓰레기가 나왔구나 싶어 토토코 씨에게 면목이 없어졌다. 돈이 다 떨어져서 은행에 가야 한다. 꾸물꾸물 옷을 갈아입었다.

어기적거리며 밖으로 나섰다.

은행에 가자 자동인출기 앞에 줄이 길게 늘어서 있었다. 나는 급하지도 않으면서 안달이 났다. 나보다 아주 조금 더 나이 들어 보이는 할머니가 기계 앞에서 악전고투하고 있었다. 버튼을 누르고서 한참 바라보다가 주변을 두리번거리며 은행 직원을 찾는다. 그러고는 또다시 방법을 아는지 모르는지 버튼을 누른다. 남의 일 같지가 않았다.

요전에 계좌 이체를 굼뜨게 했더니 내 뒤의 젊은이가 쯧, 하고 혀를 차며 다른 줄로 옮겨 섰다.

아, 앞으로 몇 년이나 내 힘으로 돈을 찾을 수 있을까.

비록 속도는 느릴지언정 혼자서 돈을 인출할 수 있는 오늘에 감사하자. 지폐를 지갑에 넣고 명세서를 보았다. 명세서를 보려면 돋보기안경을 꺼내야만 한다.

아, 돈은 줄어들기만 한다. 조금이라도 일을 해야겠다.

교카이도리를 걸으며 의문이 생겼다. 이 길을 걷는 사람들은 당연하다는 얼굴로 지갑에 돈을 넣고 다니는데, 모두들 어디서 돈을 조달해 살아가는 걸까. 일해서 돈을 벌어다 주는 사람한테 빌붙어 살거나 돈을 벌기 위해 일하겠지. 부모의 유산으로 한평생 놀고먹는 사람은 정말로 드물다. 다들 건강하기도 하지.

교카이도리는 좁은 길이다. 내가 죽어서 길바닥에 가로로 쓰러지기라도 하면 사람들은 나를 넘어 다녀야 할 것이다.

아무 생각 없이 걷다가 발견했다. 소문의 2인조 할머님들을.

한 사람은 레이스 양산을 썼는데 양산에 프릴이 겹쳐 있었다.

다른 한 사람은 미국 드라마 〈초원의 집〉에 나오는 로라처럼 에이프런 드레스 차림이었다.

두 사람은 바로 내 앞에서 걸어가고 있었다. 와, 어찌나 운이 좋은지. 그들을 일부러 지나친 다음 자연스레 뒤돌아보려고 꾀하던 찰나, 둘은 거의 동시에 90도로 방향을 틀어 메밀국숫집 마루카로 들어가버렸다. 시계를 보니 12시 정각이었다. 나도 그들을 놓칠세라, 탐정도 아니면서 어째서 놓칠세라인지 모르겠지만 뒤를 쫓아 마루카로 들어갔다. 처음 들어가본 마루카는 매우 비좁았고 테이블이 두 개밖에 없는 데다 거의 차서 남은 곳이라고는 두 사람의 앞자리뿐이었다. 오늘은 운이 좋다. "여기 앉아도 될까요?" 하고 가식적인 목소리로 묻는 나.

두 공주님은 동시에 말없이 고개를 끄덕였다. 야호, 정면이다!

두 사람은 종업원을 향해 동시에 고개를 틀며 합창했다. "메밀국수."

이 둘은 매일 12시면 칼같이 이리로 와서 언제나 메밀국수를 먹는 규칙적인 생활을 하는 걸까?

나는 허둥지둥 채소 튀김 덮밥을 시켰다. 500엔이라니, 싸잖아?

두 사람을 느긋하게 관찰할 수 있어서 가슴이 두근거렸다. 자세히 보니 한 사람은 가슴까지 오는 앞치마를 덧댄 스커트에 잔잔한 꽃무늬가 빼곡히 들어찬 옷을 입었다. 새하얀 블라우스는 잔주름이 잔뜩 잡혀 있고, 옷깃을 따라 레이스도 달려 있다. 이 사람은 머리도 〈초원의 집〉의 로라 엄마처럼 둥글게 말아 올렸다.

다른 한 사람은 단발머리로, 어깨에 프릴이 달린 새하얀 에이프런 드레스 차림이었다. 정말로 로라였다. 일본인으로 환생한 로라가 나이를 먹고 반 백발의 일흔두셋이 되어 나란히 앉아 있다.

두 사람은 거의 말이 없었다. 말이 없다는 점이 오히려 둘 사이의 깊은 유대감을 나타내는 듯했다. 눈 깜짝할 새에 조용히 메밀국수를 다 먹었다. 쌍둥이다. 피를 나눈 쌍둥이가 아니더라도 이 둘은 틀림없는 쌍둥이다.

눈 깜짝할 새에 조용히 두 사람은 훌쩍 가게를 떠났다. 따라가고 싶었지만 채소 튀김 덮밥이 막 나온 참이었다. 진한 소스를 듬뿍 뿌린, 갓 튀겨낸 튀김이 맛있었다.

변두리 장터의 서민적인 맛이 내 입에 딱 맞았다. 로라들은 메밀국수를 먹는구나. 물론 두 사람 다 일본인이었다.

현실에 존재할 리 없는 사람들을 실제로 만나자 인간의 상상력의 한계를 통감했다.

나는 감탄하며 국숫집을 나왔다. 내일도 12시에 오면 초원의 할머님들을 다시 만날 수 있을까 상상의 나래를 펼치던 와중에, 반대편에서 내 동년배로 보이는 튼실한 체격의 할머니가 좁은 길 한복판을 자전거를 타고 맹렬히 달려왔다. 길이 좁으니 나도 한복판을 걷고 있다. 원래 이 길은 자전거로 다니면 안 된다. 내가 왼쪽으로 피하자 할머니도 왼쪽으로 피하고, 어이쿠 하며 오른쪽으로 피하자 할머니도 오른쪽으로 피했다. 이번에는 왼쪽으로 피하자 할머니가 오른쪽으로 피하며 갑자기 소리를 꽥 질렀다. "뭘 그리 꾸물대는 거얏! 위험하게, 원참. 멍청히 있지 말라고! 쯧." 그 엄청난 성량과 박력에 기가 죽은 나는 "죄송합니다"라고 사과해버렸다. 할머니는 분연히, 아까와 마찬가지로 맹렬한 속도로 사라졌다.

저녁때 마트의 생선 코너에 갔다. 세 마리 200엔인 꽁치가 번쩍번쩍 맛있어 보였다. 혼자서 세 마리를 어쩔 셈이람. 하지만 200엔인데. 은색으로 빛나는 꽁치 배처럼 아름다운 것이 또 있을까. "꽁치 주세요." 나는 꽁치를 샀다. 도미 토막도 팔고 있었다. 도미 영양밥이 먹고 싶어졌다. "거기 있는 도미도 주세요." 한 토막에 500엔이었다. 비싸다. 한 토막을 샀다.

꽁치를 어떻게 요리할지 고민하다가 전부 토막 친 다음 냄비에 다시마를 깔고 그 위에 올렸다. 그러고는 마늘 한 통을 모조리 까 넣고, 간장과 맛술을 같은 분량으로 부어 약한 불로 조렸다. 어떤 맛이 날지 모르겠다. 한 시간 정도 지나고 뚜껑을 열어 보니 진한 갈색으로 변해 있었다.

도미 영양밥을 전기밥솥으로 만들려면 최소한 2인분은 지어야 해서, 1인용 뚝배기에 쌀을 한 홉 넣고 간을 맞춘 다음 도미 한 토막을 얹고 불에 올리자 20분 만에 완성되었다. 섞어 보니 누룽지도 적당하게 눌어붙어 있었다. 어릴 적 엄마는 밥통에 밥을 옮기고 남은 누룽지로 종종 주먹밥을 만들어 주었다. 손이 거뭇거뭇해질 정도로 새까맣게 탄 주먹밥도 먹었다. 딱딱해서 이가 부러질 뻔한 적도 있었다. 그런 주먹밥은 먹고 나면 턱이 바들바들 떨렸다.

점심때 채소 튀김 덮밥을 먹었는데도 또 고구마랑 가지 튀김을 만들었다. 냉장고에 그것밖에 없었다. 조글조글한 파드득

나물은 데쳤다. 먹다 남은 무절이 등을 쟁반에 받쳐 들고 어디서 밥을 먹었는가 하면, 멀쩡한 식탁을 놔두고 텔레비전 앞 소파에서 책상다리를 하고 먹었다. 이제 영양밥은 1인용 뚝배기로만 지어야겠다.

내 가족은 텔레비전임에 틀림없다.

채널을 휙휙 돌려 보니 예능 프로뿐이었다. 일본은 요시모토인기 코미디언이 대거 소속된 연예 기획사에 점령당했다.

맥아더 장군의 일본 점령 때보다 더 깊숙이 점령당했다. 그런데 저치들은 어째서 항상 저리도 흥분해 있는 걸까. 면전에다 대고 말해주고 싶다. "이봐 당신들, 좀 조용히 하라고. 대체 뭐 하는 사람들이야? 자기네끼리만 아는 얘기나 하고 말이지, 전 국민이 다 당신네 패거리라고 착각하지 말라고. 아니, 이미 착각하는 것 같네. 이 나라는 대체 어찌 되려나." 다시 채널을 휙휙 돌려 위성방송으로 미국 뉴스를 틀었다. 그리고 또 한 번 놀랐다.

아나운서인지 캐스터인지, 서른쯤 되어 보이는 여자의 화장에 경악한 것이다. 눈 주변을 시커멓게 칠해서 검은자가 흰자 한가운데 둥둥 떠 있었다. 인간의 흰자위란 원래 저렇게 넓은 것일까. 밥을 다 먹고 나면 나도 아이섀도로 눈가를 새까맣게 칠해봐야겠다. 여하튼 정말로 짙은 화장이다.

요요코한테서 전화가 왔다. 쌍둥이(?) 공주 할머니 이야기를 했다. 요요코가 "아, 제 친구도 그 동네에 사는데 진짜 유명한 아줌마 공주님이 있대요. 같은 사람일까요? 다들 그 사람을 메리 씨라고 부른다나요. 엄청 뚱뚱한데, 어린애처럼 분홍색 빨간색 옷차림에다 동그랗고 새빨갛게 볼을 칠하고 자전거로 온종일 달린다더라고요. 그 사람은 아니죠?" 메리 씨라니 그런 사람도 있구나. 한번 보고 싶다. 그나저나 '메리'는 좋은 이름이다.

자기 전에 갑자기 울화가 치밀었다. 교카이도리의 자전거 할머니 때문이다. 그런 좁은 길에서 자전거를 타는 사람이 나쁜 거잖아. 부딪친 당신이 사과해야 맞잖아. 멍청히 있지 말라니, 누가 누구 보고 할 소리야. 어째서 나는 되갚아주지 않은 걸까. "죄송합니다"라니. 아, 한마디 해줬어야 하는 건데. 이렇게 쏘아붙여야 했는데. 아니, 좀 더 심한 말로 한 방 먹여야 했는데. 분한 마음을 품고 잠들었다.

X월 X일

미미코 씨가 '유~토피아'에 가자고 했다. '유~토피아탕湯을 일본어로 '유'라고 발음하는 데서 착안한 이름'는 역 앞의 대형 목욕탕이다. 오락실, 술집, 드러그 스토어 등이 한데 모인 거리에 있다.

건물 전체가 목욕탕으로, 그 안에 영화관과 레스토랑도 있다. 전반적으로 살짝 허름한 건물이다. 안으로 들어가면 여러 번 빨아서 색이 바랜 하와이 전통복 같은 윗도리에 길이가 어중간한 반바지로 갈아입는다. 여자는 분홍색, 남자는 녹색 옷을 입고 맨발로 어슬렁어슬렁 돌아다니는 것이다. '한국식 때밀이'라는 게 있어서 꼭 해보고 싶었다. 토토코 씨는 예전에 한번 했는데 때가 테니스공만큼 나왔고, 다 밀고 나자 피부가 하얘졌다고 한다. 갖가지 탕들 한구석의 때밀이 방에는 침대가 두 개 놓여 있었다. 반바지에 탱크톱을 입은 여자 둘이 말했다. "순서대로 오세요. 누구부터 하실래요? 오기 전에 탕에 들어가서 몸을 불리세요. 10분 정도 탕에 들어갔다 오세요." 내가 먼저 때를 밀기로 했다. 탕에 들어갔다가 10분 뒤 다시 갔더니 비닐을 깐 침대에 벌거벗고 엎드리라고 했다.

탱크톱 아줌마가 때밀이 장갑으로 내 몸을 북북 문지른다. 이윽고 때가 부슬부슬 나와서 기분이 좋아졌다. 하지만 느긋하게 드러누운 나와는 반대로, 아줌마는 온 힘을 다해 때를 밀고 있다. '가마 타는 사람 따로, 메는 사람 따로……'라는 속담이 생각나 왠지 면목이 없어지는 것은 내가 궁상맞기 때문일까. 아줌마의 땀도 부슬부슬 떨어진다.

흐슬부슬 몸 옆으로 때가 쌓이긴 했지만, 테니스공만큼 나왔다는 토토코 씨의 말은 허풍임에 틀림없다. "됐어요, 이제 천장을 보세요. 바로 누워요." 벌거벗은 채 천장을 보고 누웠다. 할 일이 없어서 옆 침대를 봤더니 얼굴이 가려진 새하얗고 통통한 여자의 맨몸이 천장을 보고 누워 있었다. 과연 여체는 아름답다. 화가들이 까마득한 옛날부터 여자 몸에 푹 빠져 질리지도 않고 계속 그려댄 심정이 이해된다. 통통한 여자는 르누아르의 누드화 모델 같다. 여자의 벗은 몸 한가운데에 털이 나 있다. 남자들이 비너스의 언덕이라고도 하는 곳. 야트막한 산처럼 부드럽게 부풀어 오른 그곳에 털이 나 있다. 그 장면을 보노라니 기타카루이자와의 겨울 산이 생각났다. 잎이 진 검은 나무가 새하얀 산릉선을 따라 코끼리 등의 잔털처럼 자라 있었다. 여름에는 잎사귀가 울창하게 자라서 산릉선은 보이지 않는다. 설산의 능선 위로 펼쳐진 새파란 하늘. 옆 침대 여자의 하얀 산 위 겨울나무를 보고 있자니 기타카루이자와의 설산을 보러 가고 싶어졌다. 다시 몸을 뒤집어 오일 마사지를 받았다. 아, 기분 좋다.

때밀이가 끝난 다음 쑥 사우나에 들어갔다. 젊은 여자가 있었다. 역시 젊은 여자의 나체는 완벽하게 아름답다. 나는 모락모락 피어오르는 수증기 속에서 젊은 여자의 몸을 관찰했다. 그러다 털이 난 부분에서 깜짝 놀랐다. 젊은 여자의 산은 한여름이었다. 뭉게뭉게 활활 타오르는 젊은 나무 잎사귀였다. 산릉선 같은 건 보이지도 않았다. 울창하고 새까맸다.

미미코 씨와 식당에 가서 나는 사라우동나가사키 현의 향토 면 요리. 국물 없이 접시에 나오는 것이 특징이다을, 미미코 씨는 맥주에 오징어 회, 감자튀김을 먹었다. 또 오자고 약속했다.

사라우동은 심하게 맛없었다.

잠자리에 들기 전에 불가연 쓰레기를 모았다. 정말이지 인간은 쓰레기만 만들어낸다. 우주에는 회수할 방도가 없는 인공위성이 5천 개도 넘게 쓰레기가 되어 떠돌아다닌다는데 어쩔 셈인가.

유리공예가인 마리는 "인간은 생산적이어선 안 돼. 쓰레기나 만들 뿐이니까"라고 말했다. 본인은 실로 아름다운 유리공예품을 만들면서도 이런 말을 한다. "난 불가연 쓰레기를 만들고 있는 거야." 자각 있는 예술가는 훌륭하다.

아무래도 좋은 일

2003년 겨울 X월 X일

토토코 씨가 설음식을 함께 만들자고 한 날이 오늘이었다.

토토코 씨는 엄청나게 활달하고 몹시 키가 큰 여자다. 요전에 치매 걸린 엄마한테 함께 갔더니 엄마가 "이분은 남편이야?"라고 물었다. 토토코 씨 어머니도 치매가 시작되어서 실버타운을 견학하러 간 것이다. 언젠가 토토코 씨와 함께 차에 탔는데, 아들 친구가 아들에게 "너희 엄마 남자 생겼더라" 하고 이른 적도 있다.

나는 토토코 씨가 다카라즈카여성으로만 구성된 가극단에 남자 역할로 들어갔다면 대스타가 되었으리라고 항상 생각한다.

몸이 가벼운 토토코 씨는 약속 시간을 어기는 법이 없다.

긴톤강낭콩과 고구마를 삶아 으깨어 밤 따위를 넣은 음식과 다시마말이를 만들기로 했기 때문에 벌떡 일어났다. 벌떡 일어나서 신경안정제를 한 알 더 먹었다. 나는 약으로 조종되는 인형이다.

토토코 씨는 10시에 왔다. 나고야의 시어머니가 매년 설에 보내주신다는 대구포와 토란찜, 가다랑어 조림을 반찬통에 넣어 가지고 왔다.

시어머니는 아흔넷이란다.

"아흔넷이라니까. 대단하지?" "아흔넷이라고? 대단하네" 하며 주거니 받거니 했다. 70대 후반에 우리 엄마는 이미 어엿한 치매 환자였다. 토토코 씨네 시어머니랑 우리 엄마가 살아온 같은 스무 해를 싫어도 어쩔 수 없이 비교할 수밖에 없었다.

엄마가 마지막으로 설음식을 만든 것은 언제였을까.

고구마를 조리는지 찌는지로 우리 집과 토토코 씨네 요리법이 갈렸다. 조리기로 했다.

작년에는 긴톤 때문에 큰 소동이 일었다.

지난해 기타카루이자와에서 사사코 씨랑 설음식을 만들었다.

나는 시중에 파는 샛노랗고 번지르르한 긴톤은 왠지 천박한 느낌이 들어서 우리 엄마 방식대로 순박한 고구마처럼 만들려고 했다. 고구마를 치자와 함께 삶아서 체에다 밭치고 있자니 사사코 씨가 "흠, 흐음" 하며 고개를 가로저었다. 무시했더니 "흐음, 홈" 하고 끈질기게 머리를 흔들었다.

"좀 더 노란빛이 돌아야 하는데." 정신을 차리고 보니 사사코 씨는 치자를 꺼내서 찧고 으깨어 즙을 짜내고 있었다.

내버려뒀더니, 사사코 씨는 치자즙을 고구마에 넣어 섞었다.

내버려뒀더니, 긴톤은 노랗다기보다 갈색으로 변했다.

내버려뒀더니, 혼자서 "음, 이제 됐어" 하며 만족스러워했다. 나는 "으음" 하고 말았지만 속으로는 좀 과하다고 생각했다.

내게는 아무래도 좋은 일이었다. 하지만 사사코 씨에게는 아무래도 좋은 일이 아닌 듯해서 나는 요리에서 손을 뗐다. 내게는 아무래도 좋은 일이 지나치게 많지만 사사코 씨에게는 아무래도 좋지 않은 일이 지나치게 많다. 사람 성격은 변하지 않는다. 십수 년 전에는 내게 랩 크기랑 자르는 방법, 랩 상자 뚜껑 닫는 방법을 지적했다. 알 게 뭐람. 그때 나는 이렇게 말했다고 한다. "난 너랑은 같이 못 살겠다." 사사코 씨는 요즘도 그 일을 들추며 당시에 몹시 상처 받았다고 말한다. 하지만 얼마 전에는 엉덩이 닦는 법까지 지적했다. 비데를 쓸 때 물을 틀기 전에 휴지로 한번 닦는 편이 좋다는 것이다.

"뭐라고? 휴지로 안 닦아도 된다는 게 비데의 장점이잖아." "아니야, 휴지로 안 닦으면 노즐에 오물이 튄다니까. 청소할 때 보면 확실해." "넌 그럼 먼저 닦아?" "물론이지. 더러워지는 정도가 완전히 다르다고."

긴톤을 만든 날로부터 반년이나 지난 뒤 사사코 씨는 말했다. "그땐 치자가 좀 많이 들어갔지." 반성도 상당히 잘 하는 편이고 자기혐오에도 곧잘 빠진다. 작년에는 내가 요리에서 손을 뗀 뒤에도 우리 집 부엌에서 여자 셋이 옥신각신 입씨름을 해가며 요리를 만들었다. 나는 그중 유일하게 젊은 축이었던 요요코와 함께 〈홍백 가요 대전〉매년 12월 31일 밤에 NHK에서 방송하는 가요 프로그램을 보았다.

"사노 씨랑 요요코는 찬합에 음식 넣는 거 맡아줘!"

"네에."

나와 요요코는 같은 미대를 나왔는데 나이는 내가 서른이나 더 많다. "둘 다 예쁘게 넣을 수 있지? 미대 출신이니까." 사사코 씨가 말했지만, 미대에서 설음식 넣는 방법 따윈 가르치지 않는다.

밖은 폭설이 내리고 있었다.

찬합 칸막이로 알루미늄포일을 쓰려고 했더니 사사코 씨가 참견했다. "으음, 역시 엽란이 좋겠어." "아, 아라이 씨는 농사를 지으니까 있을지도 몰라." 내가 전화로 물어봤더니 아라이 씨는 "없어. 여긴 고도가 높아서 대나무도 안 나는걸. 엽란은 못 키워"라고 대답했다. "여기선 엽란이 안 자란대."

알루미늄포일을 접으려는 찰나에 요요코가 사족을 달았다. "아까 보니까 사토 아저씨네 마리 아주머니가 엽란 자르고 있던데요." 낮에 요요코랑 둘이 사토네 집에 가서 산더미 같은 어묵에 어제 만든 다시마말이, 떡 따위를 가져다주고 귤을 잔뚝 받아 왔던 것이다. 사토네 집은 산을 따라 18킬로미터나 내려가야 한다.

"꼭 가야 돼?" "포일로 해도 상관없어." "길이 위험하잖아." 여러 사람이 입을 모아 알루미늄포일로 괜찮다는데도 사사코 씨는 "염란으로 해야 돼"라며 요지부동이었다.

나는 요요코를 데리고 차에 탔다.

엄청난 폭설이 내리고 있었다. 〈홍백 가요 대전〉은 클라이맥스로 치달아서 이제 곧 엔카 가수 고바야시 사치코가 등장할 참이었다.

운전은 요요코에게 맡겼다. "무섭네요." 할머니들 사이에서 유일하게 젊은 여자였던 요요코는 겁에 질려 있었다. 눈 때문에 겁이 난 게 아니다. 사사코 씨 때문에 겁이 난 것이다. 폭설로 산길에 차가 한 대도 없는 섣달그믐이었다.

"무서워요." 요요코는 40분 내내 무섭다는 말밖에 하지 않았다. 눈은 차 유리창 중심에서 주변으로 퍼져나가듯 세차게 내렸다.

"사사코 아주머닌 제가 나이도 어린데 요리를 안 도와드려서 일부러 그러시는 거 아닐까요?" "신경 쓰지 마. 완벽한 인간은 없는걸. 근데 눈 진짜 많이 온다."

사토네 집에 도착한 것은 10시 20분이 지나서였다. 유리창을 두드렸다. 사토는 텔레비전을 보고 있었다. 마리가 "어찌된 거야?"라며 뛰어나왔다. 우리는 쿵쾅쿵쾅 집 안으로 들어갔다. "무슨 일 있었어?" 사토도 깜짝 놀란 표정이었다. "엽란 좀 줘." 사토는 〈신혼부부 어서 와요!〉의 사회자 가쓰라 산시처럼 바닥을 구르며 웃었다.

"엽란은 아까 자른 게 마지막이야." 사토가 말했다. "뭐라고?" "여기선 잘 안 자라. 도쿄에서 가져다 옮겨 심었는데 점점 작아지더라고. 세 줄기짜리 작은 거라면 아직 있을지도 모르겠다."

사토가 눈발을 헤치며 밖으로 나서기에 따라 나갔다. 엽란이 있는 곳은 골판지로 사방을 막아두었다. 정말로 조그만 엽란이 세 줄기 남아 있었다. "그걸 자르고 나면 이제 허허벌판이네." "어쩔 수 없지." 사토는 웃으며 전부 잘라 주었다. "차라도 마시고 가. 무슨 큰일이라도 난 줄 알았네." 마리가 차를 끓이기 시작했지만, 요요코가 "아주머니 얼른 가요. 무서워요. 빨리 가요"라고 자꾸만 재촉하는 통에 또다시 눈이 푹푹 내리는 산길을 굼벵이 걸음으로 40분이나 걸려 돌아왔다. 아, 도쿄 집에는 차고 넘칠 정도로 엽란이 무성한데. 점점 화가 치밀었다. 하지만 엽란을 잘라 칸막이를 만들었더니 정말로 아름다운 찬합이 완성되었다. "거봐, 역시 엽란이라니까." 사사코 씨는 내 어깨를 툭 치며 만족스러워했다. "역시 은박지보다 엽란이 좋네." 나도 이렇게 대답하고 말았다. 〈홍백 가요 대전〉

은 고바야시 사치코도 미카와 겐이치도 전부 놓쳤다[홍팀 고바야시 사치코와 백팀 미카와 겐이치의 화려한 무대의상 대결은 이 프로그램의 명물이다].

하지만 시간이 흐르고 보니 엽란 사건은 잊히지 않는 풍경과 추억으로 남았다.

만약 알루미늄포일로 끝냈더라면 그해 섣달그믐의 눈 내린 산길도 못 봤을 테고, 요요코와 내가 적진을 탐색하는 병사처럼 한마음 한뜻으로 "엽란, 엽란" 하며 임무에 목숨 걸 일도 없었을 것이다. 사토도 가쓰라 산시처럼 의자에서 굴러떨어지며 웃을 일은 없었겠지.

앞으로 평생 동안 엽란을 볼 때마다 폭설이 내린 산길이 떠오를 테지.

어린 시절에 보낸 섣달그믐 중 확실히 기억나는 날은 하루밖에 없다.

저녁때였다. 싯포쿠 요리[중국요리가 일본에 들어와 변형된 연회 요리의 일종]가 차려진 원탁 위에는 조림을 비롯한 각종 요리가 즐비했고, 한가운데는 커다란 소쿠리에 메밀국수가 산처럼 쌓여 있었다. 어쨌거나 자식이 넷이나 있는 집이었던 것이다. 엄마는 부엌에 있었고 아버지는 붉으락푸르락하던 차였다. 섣달그믐에 어른들은 붉으락푸르락하고 아이들은 주뼛주뼛했다. 갑자기 아버지가 원탁을 뒤집어엎었다. 상 위의 음식이 사방으로 떨어졌다. 상이 엎어지던 순간의 기억은 없다. 정신을 차리고 보니 나는 다다미 위에 흩뿌려진 당근이랑 잔멸치를 줍고 있었다. 음식을 어떻게 수습해서 다시 상을 차렸는지, 어떤 섣달그믐 저녁을 보냈는지 생각이 안 난다.

다만 소동이 일어난 다음 희미하게 웃음 짓던 아버지 모습만 기억난다.

아버지는 평소에 언짢아할 때는 많았지만 폭력을 휘두르지는 않았다. 내 머릿속 아버지의 웃는 얼굴 가운데 그날의 엷은 웃음처럼 선명한 모습은 없다. 여하튼 텔레비전이 없었던 우리 집에서는 식사를 하면서 눈 돌릴 데가 없었다. 평상시 아버지는 자식들의 잡담을 금했고, 식사 시간에는 본인이 혼자서 설교를 늘어놓았다. 하지만 그때는 설교할 분위기도 아니었기 때문에 우리는 어색한 침묵 속에서 묵묵히 흩어진 메밀국수를 먹었다. 내 인생 가운데 가장 비참한 식사였다.

옹색한 연립주택이어서, 나와 남동생은 식사용 원탁을 치우고 나서 생긴 다다미 네 장 반 남짓한 공간에 이불을 깔고 잠을 잤다.

설날 아침, 눈을 뜨자 천장이 보였다.

천장에 메밀국수가 두세 가닥 달라붙어 늘어져 있었다. 어린애는 솔직하다. 나는 차마 소리 내어 웃지는 못했지만 마음껏 웃고 싶었다.

그날 이후 섣달그믐이 돌아올 때마다 천장의 메밀국수가

생각나서 웃음이 터졌다. 이따금씩 바닥을 구르며 웃고 싶어진다.

어린애였던 나는 그때, 가장 비참한 것 속에 익살이 숨어 있다는 사실을 깨달았다. 그나저나 메밀국수 두세 가닥은 어떻게 천장까지 날아간 걸까?

고구마를 체에 밭치고 있던 와중에 토토코 씨가 물었다. "어릴 때 새해가 되면 새 속옷이 머리맡에 놓여 있지 않았어?" "맞아, 있었어. 가장 좋은 옷도 개켜져 있었지." "왠지 새해가 온 실감이 났는데." "1년에 속옷을 한 벌밖에 못 산 걸까."

옛날 엄마들은 대단하다는 이야기로 입을 모았다.

예전엔 설이 훨씬 설다웠다. 공기까지 새해 느낌으로 바뀌어 있었다. 언제부터 어제와 다름없는 설이 되어버린 것일까.

내가 만든 다시마말이는 맛있다는 평판이 자자하다. 언젠가 참치 덩어리를 껍질째 선물 받아서 회를 뜨자 거무스름한 살점과 지방이 많은 홀쭉한 부위가 남았다. 남은 부분을 다시마말이 속에 넣었더니 맛있었다. 이듬해에는 일부러 참치 뱃살 덩어리를 사서 다시마말이에 넣었다. 하지만 굳이 참치 뱃살을 사는 건 사치스럽다는 생각이 들어서 그다음부터는 저렴한 냉동 살코기를 샀다. 오늘은 토토코 씨와 방어 반 마리를 사 넣었다. 맛은 보장할 수 없다. 사 온 박말랭이를 꺼내놓고 보니 박말랭이가 아니었다. 무말랭이였다.

헷갈리게 무말랭이 같은 건 만들지도 팔지도 말았으면 좋겠다. 서둘러 다시 나가 박말랭이를 사 왔다. 둘이서 미끌미끌한 다시마에 박말랭이를 말던 중 토토코 씨가 물었다.

"어릴 때 귤이랑 우무 넣은 디저트 같은 거 없었어?"

"있었어. 그거 맛은 별론데 예쁘긴 했지." "먹으면 기분이 좋았는데." 자세히 들어봤더니 둘이서 전혀 다른 음식 이야기를 하고 있었다.

토토코 씨는 귤을 도려내고, 귤즙과 우무즙을 섞어서 귤껍질 속에 넣은 다음 눈 속에 파묻어 두었다고 한다. 아침이 되면 귤껍질 안이 셔벗처럼 변해 있었단다. 홋카이도여서 가능한 일이다. 왠지 고급스럽다.

우리 집에서는 사각형 통에 단맛을 낸 우무즙을 흘려 넣고 둥글게 썬 귤을 주르르 올린 뒤 사각형으로 잘라 먹었다.

또다시 옛날 엄마들은 대단하다고 입을 모았다.

계절마다 제철 음식을 궁리해서 만들었던 것이다.

홋카이도에서도 시즈오카에서도 같은 재료다.

토토코 씨와 다시마말이를 만들지 않았더라면 귤 우무를 떠올리지 못했겠지.

토토코 씨도 나도 일을 대충 끝내는 성미여서, 사사코 씨처럼 완벽하지 않아도 아무렇지도 않았다. "이걸로 됐나?" "응,

됐어." 더없이 평화롭게 요리했다.

긴톤이랑 다시마말이로 요리는 끝났다. 통에 나눠 담고 긴톤을 먹으면서 말했다. "고구마 맛이 너무 많이 나나?" "괜찮아, 됐어. 근데 좀 고구마 같긴 하네." "됐어, 괜찮아. 근데 진짜 고구마 같네." "뭘, 됐어. 좀 고구마 같은가?" 나랑 토토코씨만 있다면 세상에는 발전이 없을 것이다.

토토코 씨는 시장에서 산 생선과 긴톤, 다시마말이를 들고 중앙선을 타고 히노로 돌아갔다.

토토코 씨가 집에 간 뒤 나는 가슴이 철렁 내려앉았다. 어린 시절 먹었던 귤 우무가 너무도 선명한 색상으로, 비현실적일 정도로 또렷하게 머릿속에 떠오른 것이다.

눈앞에 있는 귤보다도 생생하게 팟, 팟.

아, 무섭다. 이건 혹시 내가 노인이 된 증거가 아닐까? 늙으면 어제 먹은 음식은 까먹어도 어릴 적 기억은 갈수록 선명해진다던데.

자식을 키운 한창때의 일도 이처럼 뚜렷이 떠오른 적은 없었다.

언젠가 장난삼아 만든 소방차같이 새빨간 코트를 떠올려봐도 빛바랜 빨강으로밖에 기억나지 않는다. 귤을 파먹어서 들쭉날쭉 구멍이 난 우무, 투명하고 작은 파편의 흔들리는 모서리에서 반짝이던 빛. 우무는 법랑 통을 비집고 올라온 것처럼 모서리에 딱 달라붙어 있었고, 거기서만 작은 거품이 일었다.

무서운 뇌. 혹시 나중에 생긴 뇌세포가 죽어 떨어져 나가면서 안쪽 뇌세포가 바깥으로 나온 게 아닐까.

일본인은 누가 뭐래도 설날에 떡을 먹어야 직성이 풀린다.

예전에 소타네 집에 가서 설날에 뭘 먹느냐고 물었더니 "빵이랑 커피. 우린 명절 음식 같은 건 안 먹은 지 몇십 년이나 됐어"라는 대답이 돌아왔다. 그 말을 들으니 '일본이 앞으로 어찌 되려는지. 그러고도 네가 일본인이냐?' 싶어서 언짢아졌다. 이런 일로 기분이 나빠지는 내가 이상한 건지도 모르겠다.

설날에도 마트는 문을 여니까 이제 음식을 한꺼번에 많이 만들 필요는 없을지 모르지만, 나는 설날마다 설음식을 꼬박꼬박 만들었다. 딱히 이유가 있는 건 아니다. 다만 그래야 한다고 믿을 뿐이다.

전쟁이 끝난 후 우리 가족은 2년간 중국 다롄에서 굶주리며 생활했다.

2년 내내 쌀밥을 먹은 적이 없었다. 쌀 한 되가 500엔이었다. 500엔에 일본 아이를 사는 중국인도 있었다고 했지.

붉은 수수죽도 귀한 음식이었다. 보릿겨라는 것도 먹었다. 보릿겨가 보리 껍질이라는 사실은 나중에야 알았다. 성긴 무명천을 덧댄 우리 집 문풍지 곁에는 보릿겨 가루 같은 갈색 반

점이 있었다. 나는 문풍지 반점을 어디선가 따로 모아 파는 줄로만 알고 부모님이 사 왔다고 생각했다. 보릿겨 경단은 끔찍했다. 톱밥을 빚어서 찌는 편이 더 맛있을지도 모른다.

그런 시절에 설을 맞이했다.

어디서 얻었는지 설날에 우리 가족은 떡국을 먹었다. 노랗고 둥근 조차떡이었다. 국을 뜬 순간 동그란 떡은 폴폴 풀어져서 그릇 바닥으로 가라앉았다.

"뭐야, 이건." 아버지가 말하자, 엄마가 "역시……"라고 답했다. 젓가락으로 그릇을 휙휙 휘저었더니 떡은 그대로 국물이 되었다.

우리 가족은 걸쭉한 액체를 홀짝홀짝 마셨다.

"역시……"는 대체 무슨 뜻이었을까. 그런 상황에서조차 일본인은 떡국을 먹고 싶어 하는 것이다. 먹고 싶었던 게 아니라, 먹어야 한다고 믿었다.

엄마는 어디서 무슨 수로 차조라는 음식을 손에 넣은 것일까. 그걸 손에 넣기 위해 무엇을 판 것일까.

자식이 다섯이나 되었다. 갓난아이도 있었다.

나는 어처구니가 없었다. 아버지는 패전 후에도 아기를 만들었다. 아무리 계산해봐도 그 시기다. 어이가 없다.

굶으면 굶을수록 인구가 늘어난다.

사람의 힘으로 어찌할 수 있는 일이 아니다.

북한과 아프리카의 배만 불룩 튀어나온 갓난아이들이 텔레비전에 나온다. 그 장면을 보고 나는 어째서 아이를 낳느냐고 묻지 않는다. 어쩔 수 없는 일이니까.

아버지가 옳았을지도 모른다. 일본으로 돌아오던 해에 네 살짜리 남동생이 죽었고, 그다음 해에는 오빠가 죽었다. 영양실조였을 것이다.

다섯이 셋이 되니 식비가 줄어 다행이라는 생각은 안 든 모양이다.

오빠가 죽은 이듬해 여름, 아버지는 엄마에게 또다시 자식을 낳게 했다.

아, 생명이란 사람이 어찌할 수 없는 일이다.

네 살짜리 남동생은 죽을 때까지 쌀밥이라는 걸 먹어보지 못했다.

토토코 씨가 돌아간 뒤 텔레비전을 틀었더니 10만 엔짜리 참치니, 1만 엔짜리 카레니 하는 음식이 나온다.

1만 엔짜리 카레는 시세이도 파라시세이도가 운영하는 음식 체인점에서 판다고 한다.

나는 기분이 언짢아졌다.

텔레비전에서는 예능 프로만 나온다. 뚱뚱한 몸이 무기인 개그맨이 둘이나 나왔다. 불쾌했다.

초등학교 교사인 친구에게서 들은 이야기다.

친구의 동료 선생이 사회 수업 중에 미국인은 비만 때문에 수명이 짧은데 특히 소아 비만이 심각하다, 그런데 아프리카는 기아 때문에 평균수명이 짧다, 어떻게 하면 좋겠냐고 물었더니 한 학생이 대답했다.

"뚱뚱한 미국 애를 아프리카 애한테 먹이면 되잖아요."

그 선생은 쇼크가 컸을 테지. 나도 몹시 충격받았다. 지금까지도 섬뜩하다. 기분 나쁜 이야기다. 세상은 무서운 곳이다.

문득 혼자 설음식을 만들어서 어쩔 셈이냐는 생각이 들었다. 당연히 만들어야 한다고 여겼을 뿐. 아, 관두자.

오우메카이도는 해 질 녘이었다. 거리에는 인기척이 드물었다. 인기척이 드물어 섣달그믐답긴 했지만 한편으로는 쓸쓸하기도 했다.

가도마쓰새해에 문에 거는 소나무 장식랑 수선화, 백량금을 샀는데 팔고 남은 물건이라 볼품없는 데다 비쌌다. 볼품없는 수선화를 보니 내가 꽃 중에 수선화를 가장 좋아하는 듯한 기분이 들었다. 이것밖에 없다고 하니 싱싱한 수선화를 양팔 가득 안고 싶은 강한 충동을 느꼈다. 사람은 가지지 못한 것에 욕심을 낸다. 꽃을 싼 포장지가 부스럭부스럭 소리를 내며 말려 올라갔다.

비디오 대여점 앞 신호등에서 비디오나 잔뜩 빌려 태평한 섣달그믐을 보내야겠다는 생각에 마음이 들떴다. 〈홍백 가요 대전〉에는 내가 모르는 젊은 애들만 나온다. 모르는 노래뿐이다. 신호등이 녹색으로 바뀌기를 기다리며 가게 출입구를 살펴보니 젊은이들이 들락거린다.

저 애들은 섣달그믐인데도 비디오나 볼 수밖에 없는 외로운 젊은이들인가. 가족이 없는 건가. 애인도 없는 건가. 부디 애인이랑 함께 보기를. 하지만 애인도 가족과 함께 새해맞이 메밀국수를 먹는 편이 좋지 않을까. 어쩌면 섣달그믐도 가족도 해체되어가는지도 모른다. 생판 모르는 남들이 비디오 빌리는 풍경에 대고 오지랖 넓게 걱정하는 내 모습을 타인의 눈으로 본다면 어떨까. 멀쩡한 할머니가 섣달그믐에 비디오를 대여섯 개씩 빌린다면 불쌍한 할머니, 황량한 풍경으로 비칠지도 모른다. 남들 눈에 그렇게 보이는 건 싫다.

나는 체면 때문에 비디오 대여점 방문을 포기했다. 가게의 회색 비닐봉지 한가득 비디오를 아무렇게나 쑤셔 넣고 오우메 카이도를 지나가는 섣달그믐의 내 모습이, 꼭 다른 사람을 보는 것처럼 선명하게 상상되었다.

나의 체면이란 이런 식으로 드러나는 것인가. 흠. 하지만 체면도 세간世間 없이는 존재할 수 없다. 나는 세간이 되지 않으려고 평생토록 무던히 애써왔다. 하지만 내 안에도 세간이 잠복해 있었던 것이다. 곤란하다. 내 의지는 세간에 졌다. 나는 머리를 푹 숙이고 골목길을 걸었다.

나는 노인이 된 이래 적어도 자세만은 똑바르게 걸으려고 언제나 신경 썼다. 어느 날 길거리에서 딱 마주친 지인이 말했다. "뭘 그리 거만하게 으스대며 걷는 거야." 세간은 어렵다.

현관에 걸어둔 싸구려 가도마쓰가 볼품없이 흔들거렸다.

새해맞이 메밀국수 대신 체인점에서 사 온 라면을 〈홍백 가요 대전〉을 보면서 먹었다. 라면에 고수를 넣었다. 나는 어째서 이다지도 고수를 좋아하는 것일까. 작은 출창出窓에 놓인 조그만 가가미모치둥근 떡을 쌓아 만드는 새해 장식와 수선화가 보였다. 귀엽다. 〈홍백 가요 대전〉에는 본 적도 없는 젊은 애들만 나오는 통에 나는 주변을 걸레로 닦기 시작했다.

텔레비전 시청과 걸레질을 교대로 하다 보니 집 안이 완전히 말끔해졌다. 맨날 섣달그믐이라면 집이 항상 깨끗할 것 같다. 사노 신이치의 『정상에 선 녀석 – 본인도 몰랐던 이시하라 신타로』를 읽으며 잠들었다.

아, 일 안 하고 싶다

2004년 봄 X월 X일

눈을 뜨자 8시 반이었다. 침대에서 커튼을 발로 열어 봤더니 날씨가 엄청나게 화창했다. 날씨가 맑아서 기분이 살짝 좋아졌는데, 그렇다고 벌떡 일어날 마음까지는 들지 않았다. 오줌보가 터질 것 같았지만 귀찮았다. 화장실까지 갈 바에야 참는 게 나아서 늘어져 있었다.

쓸데없이 무거운 책『일본인의 노후』를 어제 읽다 만 부분부터 읽었다. 어느 쪽을 펼쳐도 훌륭한 사람들뿐이었다. 모든 사람이 긍정적인 데다가 앓는 소리를 하지 않는다.

100명의 훌륭한 사람들을 인터뷰한 책이었다. 새벽 4시 반이면 일어나는 남쪽 섬의 할머니가 있었다. 간토대지진 때 학살당한 한국인의 위령비를 세운 사람도 있었다. 봉사 활동으로 점자 번역을 30년이나 계속한 여든이 넘은 노인도 있었다. 이 책을 보니 일본에 불행하고 쓸모없는 늙은이는 없는 듯했다. 며느리에게 구박받고 푸념을 늘어놓는 할머니도, 교양 없는 할아버지도 없다. 죽을힘을 다해 치매 걸린 부인을 돌보는 할아버지조차 부인의 대소변이 더럽다고 불평하지 않는다.

정말로 다들 훌륭하다. 화창한 날씨에 읽고 있자니 우울해졌다. 어째서 훌륭한 사람들의 이야기를 읽고 기분이 가라앉는 것일까. 우울해하는 것도 질려서 참았던 오줌을 누러 화장실에 갔다. 도저히 멈추지 않는, 정말로 기나긴 오줌이 나온다. 졸졸졸졸, 끊임없이 나온다. 이제 끝났나 싶어 배에 힘을 주면 또다시 졸졸졸졸. 졸졸졸졸이라도 오줌이 나오니 다행이다. 한 번에 어느 정도 나오는지 재보고 싶다.

어릴 때 마당에 쪼그리고 앉아 소변을 보면, 소변 줄기의 힘으로 땅이 움푹 파였다. 소변 구멍에 개미가 빠지면 몹시 기분이 좋았다.

나는 일부러 개미집을 노려 소변을 보기도 했다. 그러던 어느 날, 남몰래 쾌감에 취한 모습을 오빠에게 들켰다. "저리가"라는 소리를 듣고 엉덩이를 비켜 앉았더니, 오빠는 반바지에서 고추를 꺼내 내가 발견한 개미집을 향해 높은 곳에서 오줌을 콸콸 쌌다. 정말로 분했다. 오빠가 열한 살로 죽어서 안타깝다. 개미집을 좀 더 많이 찾아내 오줌을 싸게 해주고 싶다고, 예순다섯의 할머니가 된 내가 수세식 화장실에 앉아 생각한다. 오빠는 가엾게도 영양실조로 죽었다.

나는 북한이나 아프리카의 기아에 시달리는 아이들을 보면 오빠를 떠올린다. 커다란 눈은 희번덕거리고, 이는 유별나게 하얗다. 눈이 커 보이는 건 말라서 얼굴이 홀쭉하기 때문이다. 오빠는 그 정도로 굶주리지는 않았지만 날 때부터 눈이 유난히 커서 불쌍해 보였다. 갓난아기 무렵 유모차에 태워 나가면 사람들이 몰려들어 "어쩜 이리 눈이 클까!" 하고 감탄했다고 한다. 그 당시 우리 집은 아직 부자여서 오빠는 영국제 고급 유모차를 탔지만, 태어날 때부터 아프리카의 굶주린 아이들과 마찬가지로 커다란 눈망울을 하고 있었다. 세 살인 나와 다섯 살인 오빠가 나란히 찍힌 사진을 보면 그 큰 눈이 몹시도 똘똘해 보인다. 열한 살로 죽을 때까지 그 눈은 무척이나 또랑또랑했다.

오빠, 이 세상에서 오빠를 기억하는 사람은 예순다섯 먹은 나밖에 없어. 나 혼자뿐이야. 내가 죽으면 오빠를 추억할 사람은 이 세상에 아무도 남지 않게 돼. 하지만 대머리에 주름투성이인, 예순일곱 먹은 오빠 모습을 보지 않아도 되는 건 다행일지도 몰라.

오빠, 오빠는 모르는 채 죽었지만 사는 것도 정말로 고단해. 차라리 죽고 싶을 정도로 힘든 적도 몇 번이나 있었는데 사는 동안은 죽을 수가 없어. 오빤 고작 감기 따위로 죽어버렸지만 요즘 세상이었다면 죽지 않았겠지.

아이들이 억대의 돈을 들여 장기이식을 받아 자신의 장기를 남의 장기로 바꾸는 모습을 보노라면 나는 맥없이 죽은 오빠를 떠올린다. 어릴 적부터 사람은 때가 되면 죽는다고 믿어왔지만, 요즘은 때가 되어도 죽지 않는 듯하다. 나는 점점 소신이라는 걸 가질 수가 없다. 하지만 같은 하늘 아래, 오빠와 마찬가지로 맥없이 죽어가는 아이들도 셀 수 없이 많다.

화장실에서 나온 뒤 그만 자고 일어나기로 했다. 날씨가 좋아서 빨래를 했다.

베란다에 나가 보니 이웃집에 희고 붉은 매화꽃이 활짝 피었다. 아무래도 이웃은 부자인 것 같다. 매화 손질이 너무도 잘되어 있는 나머지, 한 송이 꺾어 달라는 말도 못 꺼낼 정도였다.

이웃집 부인이 대문 쪽으로 걸어가는 모습이 보여서 "안녕하세요" 하고 인사를 건넸다. "어머, 안녕하세요. 전 지금 홍콩 가요." 부인은 대문 앞에 세워놓은 비싸 보이는 벤츠에 올라타며 "집에 없으니까 주차장 쓰셔도 돼요"라는 말을 남기고 떠났다.

배가 고프지 않아서 이삼일 전에 사둔 고기만두 남은 것을 쪄 텔레비전을 보면서 먹었다. 만두만 먹다간 비타민이 부족할까봐 털이 부숭부숭해서 꺼림칙한 키위 껍질을 벗겼다. 키위 껍질을 벗길 때마다 녹색 속살에 놀란다. 핥아보니 시큼해서 마시는 요구르트에 말차를 탄 다음 키위에 뿌려 먹었다. 말차를 거품기로 휘저었더니 자잘한 알갱이가 빠르게 녹아서 부드러워졌다. 문득 코코아를 우유에 풀 때도 알갱이 녹이기가 귀찮았는데 거품기를 쓰면 되겠다는 생각이 들었다. 딱히 코코아를 마시고 싶은 건 아니었지만 시험 삼아 만들었더니 결과가 훌륭했다. 설탕을 넣자 더더욱 부드러워졌다. 기고만장해져서 코코아를 잔뜩 만들었지만 배가 불러서 둥근 통에 옮겨 담아 냉장고에 넣었다. 한때 미노 몬타가 코코아가 몸에 좋다고 말한 이후 전 일본의 코코아가 매진되었는데, 잊히는 속도도 그만큼 빨랐다. 몸에 좋다고 하면 갑자기 먹고 싶어진다. 음식이 별안간 약처럼 느껴지는 것이다.

몸에 나쁜 음식이 입에 달다. 이렇게 생각하면서도 비타민 부족을 걱정하며 키위를 먹는 나.

베를린에서 지낸 하숙집의 주인이었던 안젤리카는 오렌지를 식탁에 낼 때면 "이건 비타민 C란다" 하고 말했다. 그럴 때마다 오렌지에서 오렌지 맛이 아닌 비타민 C 맛이 나는 듯해서 식욕이 떨어졌다.

일주일 전쯤 마트에 가서 가장 싼 귤과 가장 비싼 딸기를 샀다. 봉지에 든 귤은 200엔에서 500엔짜리까지 있었다. 딸기는 가장 비싼 것이 한 팩에 580엔이었다.

귤을 먹어봤더니 심하게 맛이 없어서 그대로 내버려두었다.

딸기는 매우 맛있어서 혼자 전부 먹어치웠다. 가격이란 그런 것인가. 어제 토토코 씨가 "먹어도 돼?" 하며 귤을 집어 들기에 "괜찮은데, 맛은 없어"라고 대답했더니 한 쪽 먹고 껍질을 오므려 원래 자리로 돌려놓았다. "진짜 맛없네." 가격이란 그런 것인가.

오후부터 재봉틀을 꺼내 부탁받은 안경집을 만들었다. 4시쯤에 2개를 완성했다. 곧바로 보여주고 싶어서 노노코네 집에 갔다.

일을 의뢰받으면 그 일이 무엇이든 간에 아, 싫다, 가능하면 안 하고 싶다, 하지만 돈이 없으면 먹고살질 못하니까, 하는 생각으로 마감 직전 혹은 마감 넘어서까지 양심의 가책과 싸워가며 버틴다. 그 전에는 아무리 한가해도 일이 손에 잡히지 않는다. 그러는 내내 위장이 뒤집힐 듯 배배 꼬여서 이따금씩 위산이 역류하기도 한다. 몇십 년을 매일같이, 공휴일 명절 할 것 없이 뒤틀리는 위장의 재촉을 받으며 내 인생은 끝나리라. 일이 좋다는 사람이 있다면 얼굴 한번 보고 싶다. "넌 일단 시작하면 빠르잖아. 빨리빨리 해치우면 편할 텐데." 상식적인 친구들이 충고를 하면 나는 이렇게 대답한다. "싫어, 그렇게 일하면 부자가 되는걸." "부자 되기 싫어?" "응, 싫어. 근근이 먹고사는 게 적성에 맞아. 부자들 보면 얼굴이 비쩍 말랐잖아. 돈이 많으면 걱정이 늘어서 안절부절못하는 거라고."

돈이 필요할 때도 있었다. 필요할 때는 필요한 물건이 있었다. 하지만 지금은 필요한 물건이 없다. 필요한 건 에너지다. 운전을 하면서 일보다는 절약을 하기로 결심했다. 어제 텔레비전에 한 달에 식비 1만 엔으로 살아가는 사람이 나왔다. 두뇌를 풀가동하는 모습이 즐거워 보였다. 그 사람의 냉장고는 대체로 텅 비어 있었다.

노노코와 노노코 남편에게 안경집을 건넸더니 몹시 기뻐했다. 목에 거는 작은 주머니다. 전철을 탈 때 편리하다. 나는 선물 받은 천에다 솜을 누벼서, 받는 사람에게 알맞게 각기 다른 모양으로 수놓아 안경집을 만든다. 노노코 남편에게는 검정 무명천에 황토색으로 꿈틀거리는 뱀을 촘촘히 수놓아 주었고, 노노코에게는 검정 공단에 새를 수놓아 주었다. 나도 안경집을 목에 걸고 다니면서 나이 든 친구들한테 "이거 안 필요해? 만들어 줄까?"라고 권하기도 한다. 그전에는 캔버스 천으로 만든 손가방을 권하고 다녔다. "어떤 크기라도 만들어 줄게. 필요 없어?"

나도 참 한가하다. 그렇게 한가하면 일이나 하지. 나는 옛날부터 부업을 좋아했다. 학창 시절 얹혀살던 이모 집에서는 봉투 만드는 부업을 한 적이 있다. 재단한 종이를 나무 주걱으로 접고 풀을 발라 봉투를 만드는 일이다. 나는 일만 열심히 하는 게 아니라 효율을 올리기 위한 궁리까지 한다. 아무리 하지 말라고 해도 나도 모르게 하게 된다. 나무 주걱보다 대나무로 만든 자가 더 편리하고, 솔로 풀을 붙이는 것보다 셀룰로이드 책받침을 쓰는 쪽이 균등하고 튼튼하게 붙는다. 바지런한 이모조차 "어깨가 굳었어"라며 힘들어할 때도, 나는 "먼저 주무세요" 하고 종이가 없어질 때까지 열심히 봉투를 만들었다. 여하튼 나는 궁상맞은 일을 좋아하는 것일지도 모르겠다.

일부러 맞춰 간 것은 아니었지만 노노코네 집에 가니 저녁 시간이었다. 노노코는 신체장애 1급이어서 남편 페페오 씨가 저녁 식사 준비를 하고 있었다. 페페오 씨는 상당히 집요한 면이 있는 데다가 도구를 갖춰놓는 것도 좋아해서, 여러 종류의 부엌칼을 줄줄이 늘어놓을 수 있는 상자를 특별 주문했다. 얄 팍한 서랍이 몇 단이나 있으니 도둑은 이 집에 흉기를 들고 올 필요가 없다. 커다란 식칼로 단번에 내장까지 발라낼 수 있을 것이다.

부엌의 가스레인지대는 전문가용인데 이것을 사러 쓰키지까지 갔다고 한다.

노노코는 앉아서 은행을 깠다. 자세히 봤더니 은행 껍질을 까는 펜치같이 생긴 도구를 쓰고 있었다.

"내가 해볼게." 도구를 뺏어서 껍질을 툭툭 까보았다. 성능이 좋았다. 나는 제 버릇 못 버리고 분업을 제안했다. "내가 껍질 깔 테니까 넌 알맹이를 꺼내."

페페오 씨는 식탁에서 시금치 깨소금 무침을 만들었다. 제대로 된 절구로 검은깨를 갈았다. 그런 다음 순무 초절임을 꺼냈다. 홍고추의 새빨간 색이 예뻤다.

"이제 그만 치우자." 페페오 씨가 말했지만 나는 은행 껍질을 좀 더 까고 싶었다.

커다란 냄비에 배추, 파, 두부, 가리비가 들어 있었다. "냄비 밑바닥에 도미 대가리도 있어." 역시 모둠냄비는 다 함께 먹어야 제맛이다.

"이게 마지막이야." 끝으로 페페오 씨가 굴회를 내놓았다. 유자 껍질이 풍성하게 올라가 있었다.

"오늘은 뭘 마실까." 페페오 씨가 자리에 앉으려고 하자 노노코가 명령했다. "내가 마실 차 갖다줘." "아, 맞다." "진짜 자기 마실 거밖에 생각 안 한다니깐." 페페오 씨는 히죽거리며 노노코의 차를 가지고 왔다. 진수성찬이었다.

노노코는 순무 초절임을 한입 베어 물고는 투덜거렸다. "매워, 진짜 매워. 고추가 너무 많이 들어간 거 아냐?" "아닌데." "많이 들어갔다고." "안 맵다니까." 부부란 대개 이런 대화를 나누는 것인지. 하지만 요즘 일본에서 이렇게 근사한 가정식을 차려 먹는 집이 얼마나 될까? 백화점 지하의 반찬 코너에는 수다스러운 중년 아줌마들이 어째서 그토록 떼 지어 다니는 걸까. 백화점 지하뿐만 아니라 세이유의 반찬 코너도 시끌

벅적하긴 마찬가지다. 반찬 코너의 아줌마 무리를 징집하면 강인하면서도 결코 포기를 모르는 훌륭한 부대를 만들 수 있을 것이다. 그러나 저 소란스러운 아줌마들은 한 명도 빠짐없이 평화주의자일 테니, 역시 세상일이라는 게 모두를 만족시킬 수는 없나 보다. 누구를 만족시키는지는 모르겠지만.

노노코는 말없이 국물을 후루룩거렸다. 말이 없다는 건 합격이라는 뜻이다. 시금치 깨소금 무침은 깨소금 시금치 무침이라고 해야 할 정도로 깨소금이 많았다. 이 집은 마트에서 파는 볶은 깨나 간 깨는 쓰지 않는다. 집에서 깨를 질냄비에 볶은 다음 절구로 매우 정성껏 빻는다. 그것도 허리가 슬슬 굽어가는 희고 긴 수염을 가진 남편이 억척스럽게 빻는다. 흰 수염이 절구에 닿을락말락한다. 노노코는 시금치 깨소금 무침도 잠자코 먹었다. 합격이다.

굴회를 먹은 뒤 노노코는 말했다. "여보, 이거 맛있네."

나는 올해 들어 처음으로 굴회를 먹었다.

고개를 들어 보니 페페오 씨의 턱수염에 깨소금이 달라붙어 있다.

떼주고 싶었지만 남의 남편이니 내버려두었다.

노노코는 40대 중반 무렵 희귀 난치병에 걸려서 신체장애 1급이 되었다. 노노코를 보고 있으면 언제나 눈이 번쩍 뜨이는 기분이다. 노노코는 장애인인데도 거만하다.

"여보, 약, 약, 약봉지." 페페오 씨가 일어나서 약을 가지러 가면, 그 뒤에 대고 "안경, 안경, 내 안경" 하고 외친다. 페페오 씨는 멈추어 선다. 계속 멈칫거린다. "뭘 그리 꾸물대는 거야. 얼른." "두 개를 동시에 말하니까 뭘 해야 할지 모르겠어." "아이참, 진짜."

언젠가 노노코에게 왜 그리 못되게 구느냐고 물어본 적이 있다. 노노코는 이렇게 대답했다. "내가 잘못해서 병에 걸린 게 아니잖아. 내가 못된 게 아니라, 병이 못된 거야."

자식들에게도 며느리에게도 전혀 기대지 않는다. 의지가 안 되는 자식들이 아닌데도, "그 애들한테는 각자의 생활이 있으니까. 나는 페페오가 책임지는 게 당연하잖아"라고 말한다. 이렇게나 당당한 장애인은 노노코 말고 없다.

"안경집 모양은 어떻게 할래?" 노노코에게 물어봤더니 "새"라는 대답이 곧바로 돌아왔다. "난 못 걸으니까 새가 되고 싶어"라며. 내 안경집의 하이힐 모양을 보고도 졸라댔다. "나 빨간 하이힐 신고 춤추고 싶어. 그거 나 줘." "그럼 새랑 바꿀래?" "아니, 둘 다 할래."

노노코가 없는 자리에서, 그녀가 예전부터 그랬는지 친구들과 토론한 적이 있다.

아무리 생사를 넘나들었어도 누구나 그렇게 되지는 않는다. 그간 젊음과 건강에 가려졌던 성질머리가 쑥쑥 자라난 거겠지. 씨가 없는 곳에는 싹이 나지 않는다고 결론지었다.

아들 둘이 한창 자랄 시기에 노노코는 호화로운 요리도 곧잘 만들었다. 다이내믹하고 스케일이 큰 맛이었다. 노노코도 분하고 원통하겠지. 노노코는 페페오 씨에게만 못되게 굴 뿐 다른 사람에게는 그러지 않는다. 남편 페페오 씨 또한 완벽주의자에다 완고한 면이 있어서, 품성은 온화해도 의견을 굽히는 법이 없다.

한번은 페페오 씨가 쓰키지에서 엄청나게 큰 문어를 사 왔다. 흐느적거리는 문어를 보고 있자니 기분이 이상했다. 그 자리에 문어가 특산물인 마을에서 자란 친구가 있었다. 그 어떤 문어를 봐도 놀라지 않는, 문어에 익숙한 여자였다.

문어 마을 여자는 동요하지 않고 꿈틀대는 문어에 대량의 소금을 뿌려 점액을 제거했다. 그러자 페페오 씨가 문어 마을 여자 주변을 서성거리며 뭐라고 중얼거렸다. "저기, 저기……." 문어 마을 여자가 커다란 냄비를 불에 올린 다음 한숨 돌리려던 차였다. "이제 물이 끓으면 문어를 넣으면 돼." 페페오 씨는 거기에다 대고 "저, 저기, 찻잎을 좀…… 찻잎 어디 있어?" 하고 물었다. "차는 문어 삶고 나서 마시자." 내가 만류하는데도, 페페오 씨는 부드러우면서도 끈질기게 "아니, 그게, 좀…… 차, 찻잎을……" 하며 끊임없이 웅얼거렸다. 별수 없이 나는 차가 든 통을 건넸다. 직접 끓여 먹으라고! 나는 문어를 산 채 삶는 광경을 보고 싶단 말이야.

괴로움에 몸부림치는 문어는 섬뜩하고도 선정적인 풍속화를 연상시켰다. 이런 걸 먹는 인간은 대단하다. 문어 마을 여자는 꿈틀대는 문어를 부글부글 거품이 이는 냄비에 던져 넣었다. 꺄악, 꺅, 저것 좀 봐! 아줌마들이 냄비 주변에서 흥분하고 있는 와중에, 아줌마 무리 뒤편에서 페페오 씨가 씨 뿌리는 농부처럼 차통 뚜껑에 담은 찻잎을 냄비에다 흩뿌렸다. "지금 뭐 하는 거야?" 모두들 페페오 씨를 돌아보았다. "아니 그게, 찻잎을 넣으면 문어 색이 좋아진다고 어느 주방장이 그러더라고. 그래서……." 문어 마을 여자가 가장 크게 놀랐다. 나중에 문어 마을 여자한테 정말로 문어 색이 좋아졌는지 물어봤더니 "별로 그렇지도 않았어. 그런 소린 처음 들어"라고 했다.

어느 여름날 페페오 씨가 제안했다. "메밀국수 면을 만들자." 페페오 씨는 농사짓는 아라이 씨 집에 맷돌을 빌리러 갔다. 나는 차 안에서 기다렸다.

아라이 씨는 선 채로 맷돌 사용법을 페페오 씨에게 가르쳤고, 완벽주의자 페페오 씨는 "저, 하나만 물어볼게요" "네에, 네" 하며 질문을 멈출 줄 몰랐다. "하나만 더 물어볼게요"라는 소리가 차 있는 데까지 세 번이나 들려왔다.

여자 대여섯 명이 베란다에 비닐 시트를 깔고 맷돌을 드륵드륵 돌렸다. "점심은 메밀국수겠네!" 다들 흥분했다. 네다섯 번 돌리니 그럭저럭 고운 가루가 나왔다. "잠깐!" 페페오 씨가 소리를 지르며 다가와 맷돌 위짝을 치우고 대나무 솔로 홈을 정성껏 청소했다.

그다음에도 네다섯 번 맷돌을 돌릴 때마다 "잠깐만" 하며 무거운 위짝을 치우고 홈을 청소했다.

아라이 부인이 "15분이면 다 갈걸? 눈 깜짝할 새야"라고 말하긴 했어도, 신중한 페페오 씨가 제대로 배워 왔겠거니 싶었다. 정오가 다 되도록 메밀가루는 밥 한 공기 정도밖에 안 나와서 도무지 국수 가락을 만들 형편이 아니었다.

모두들 "맨날 아라이 씨한테 잔뜩 얻어 와서 아무 생각 없이 먹기만 했는데, 만드는 건 진짜 힘드네"라고 입을 모았다. 다섯 시간 내내 영차영차 맷돌을 돌리고 홈을 청소했는데도 한 사발 분량의 가루밖에 안 나왔다. 어쩔 수 없이 메밀수제비를 끓여서 모두 한 숟가락씩 먹었다.

맷돌을 돌려주러 갔다. "아라이 씨, 이 맷돌 홈이 찌그러진 거야?" "아닌데." 다섯 시간 갈아서 수제비밖에 못 만들었다, 홈을 청소하는 게 너무 힘들었다고 말했더니 아라이 씨가 껄껄 웃었다. "홈 청소는 다 끝난 뒤에 해도 되는데." "진짜 힘들었겠다." 아라이 부인도 따라 웃었다. 알고 보니 맷돌 홈에 메밀을 착착 넣고 드륵드륵 갈기만 하면 되는 거였다. "하나만 더 물어볼게요"라던 페페오 씨는 도대체 뭘 물어봤을까. 아마

열정이 지나쳤던 거겠지.

어느 날은 페페오 씨가 자잘한 전갱이 한 상자에다 온갖 생선을 사 왔다. 나는 점점 페페오 씨에게 익숙해져서 생선 요리는 그에게 맡기고 노노코와 실없이 수다를 떨며 요리가 완성되기를 기다리고만 있었다. 작은 전갱이는 은빛으로 반짝였고, 은색이 지나치게 강렬한 부분은 핑크 색으로 보였다. 튀기기에 딱 적당한 크기였는데 양이 엄청나게 많았다. 한 상자에 2천 엔이었다고 한다. 노노코와 내가 수다를 떠는 동안 페페오 씨는 정말로 고요히 전갱이 다시마절임을 만들거나 소라를 삶았다. 전갱이 튀김은 시간이 걸릴 것 같아서 "그럼 난 여기서 튀김 만들까?" 하고 물었더니 "아니, 내가 할게"라고 차분하고도 단호하게 거절했다. 그때가 7시였다. 전갱이 200마리를 다 튀기고 나니 밤 12시가 되었다. 아마 나였다면 당장 먹을 만큼만 튀기고 나머지는 다음 날로 미루었을 것이다. 게다가 페페오 씨는 한창 요리하는 와중에도 개수대를 깨끗이 정돈한다.

페페오 씨는 어떤 경우에도 피곤한 기색을 내비치지 않는다는 점이 대단하다. 질리는 법이 없다는 점도 대단하다. 원칙대로 하는 점도 대단하다.

자신에게 못되게 구는 아내를 두고도 결코 당황하는 법이 없는 페페오 씨는 여자들 사이에서 아이돌이지만, "너희 남편이랑 페페오 씨랑 바꿀 수 있어?" 하고 물어보면 모두들 "페페오 씨처럼 완벽하지 않아도 우리 남편이 좋아. 저 온화하면서도 완고한 성격은 노노코니까 조화를 이루는 거야. 둘은 떼려야 뗄 수 없어. 난 적당한 게 좋아"라고 입을 모은다.

나는 냄비 밑바닥의 도미 대가리만 쪽쪽 빨고 있었다.

"여보, 나 아직 도미 안 먹었어. 아까 넣은 거 맞아?" "아, 미안. 내가 다 먹었어." "그럼 됐어. 안 넣은 거면 남편한테 뭐라고 하려고 했지." 나는 정말로 생선 대가리를 좋아해서 남 생각도 못 하고 다 먹어버렸다.

노노코는 종종 "이혼할 거야!"라고 소리를 지른다. 잠깐만, 그 몸으로 뭘 어쩌려고, 하는 생각이 들지만 노노코는 개의치 않는다. 노노코는 오랜 세월 효과가 강한 약을 산더미처럼 복용해왔다. 조금이라도 추워지면 몸이 경직된다. 내버려두면 몇 분 안에 죽는다. 경직을 푸는 약은 어느 때고 몸에 지니고 다닌다. 먹으면 정말로 눈 깜짝할 새에 효과가 나타난다고 한다. 노노코는 신체장애 1급이 된 이후 하프를 배우기 시작했다. 재활 치료에 엄청난 도움이 되었다고 했다. 연주회에도 나가는 것 같지만 절대로 친구들을 부르지 않는다. 모두들 저렇게 건강한 병자는 처음 본다고 앞다투어 말한다. 나도 줄곧 그렇게 생각했다. "노노코는 어째서 저렇게 활기가 넘칠까?" 페페오 씨에게 물어봤더니, "친구들이랑 있을 때만 저래. 상태가 나빠지면 화를 내면서 어째서 병에 걸렸을 때 살린 거냐며, 왜 그때 죽게 내버려두지 않았느냐며 울어"라고 했다. 나는 페페오 씨의 얼굴을 그저 멍하니 바라볼 수밖에 없었다.

그렇게 힘들고 고통스럽게 살고 있었다니. 한 달 전쯤 노노코와 이런 대화를 나누었다. "너희 남편도 할아버지니까 슬슬 신경 써야지. 어디 아프면 곤란하잖아." "정말 그래. 근데 우리 남편도 음흉하다니깐." "왜?" "피곤하다는 소릴 절대 안 해. 음흉하지 않니?" 나는 큰 소리로 웃고 말았다. "그래도 괜찮아. 페페오가 나보다 먼저 죽으면 따라 죽을 거니까."

나는 그때도 노노코의 얼굴을 그저 바라보는 것 외에는 아무것도 할 수 없었다.

부부는 굉장하다. 은행 껍질 까는 기구를 빌려서 10시 반쯤에 집으로 돌아왔다. 돌아오는 길은 하나도 헤매지 않았다. 도착하자마자 곧바로 집에 있던 은행을 까기 시작했다. 눈 깜짝할 새에 다 까버려서, 나는 정원사처럼 기구를 철컹철컹하며 아, 더 까고 싶다, 더 까고 싶다 하고 생각했다.

시계를 보니 12시 20분이어서 잠자리에 들었다.

세계에서 가장 성격 나쁜 인간

2004년 여름 X월 X일

눈을 떴는데 몇 시인지 모르겠다. 또 침대에서 발로 커튼을 열어젖혔다. 시험 삼아 해보았더니 아직 다리로 커튼을 열 수 있었다. 감사합니다, 감사합니다. 병석에 드러눕기라도 하면 다리로 커튼을 열 수 있는 지금의 건강을 얼마나 눈물겹게 그리워하게 될까? 그런 상상이 멈추지 않는다. 문득 다리 힘이 서서히 약해지는 과정을 차분히 느끼고 싶다는 용감무쌍한 생각이 들었다. 바지랑대와 이웃집 지붕, 건너편 맨션 너머로 맑은지 흐린지 알 수 없는 하늘이 눈에 들어왔다. 도대체 어느 계절인지 모르겠다. 기타카루이자와의 아침, 창을 열어 나무와 하늘, 고요한 풍경을 보고 싶다. 나뭇잎과 땅과 눈이 날마다 조금씩 변하고 있다. 자연은 언제나 새 옷으로 갈아입는다. 늦봄 새싹의 기세는 자라나는 소리가 들릴 정도다.

나는 매일 아침 몹시 겸허하고 선량한 사람으로 변한다. 작고 여린 나뭇잎을 기특해하다 보면 이윽고 우주까지도 기특하게 여겨졌다. 그렇다고 자리를 박차고 일어나 나무까지 달려가지는 않지만, 제아무리 마음이 언짢을 때라도 창밖을 보노라면 상쾌한 기분이 얼굴을 쏙 내민다.

하지만 사람이란 얼마나 한심한 존재인지. 창문을 닫으면 또다시 금방 걷도 속도 누추한 할미니로 되돌아와 일상을 살아간다. 자신의 기분조차 파악하지 못한 채 계절이 아리송한 하늘을 보고 있자니 전화벨이 울렸다. 9시 10분 전이었다.

수도국이었다. "수도 요금 자동이체가 중지되어서 청구서를 보냅니다." "네? 어째서 중지되었죠?" "그건 저희도 모릅니다. 은행에서 청구서가 돌아왔어요. 댁에서 중지 신청하신 게 아닌가요?" "안 했는데요." "저희도 모릅니다. 여기선 이유를 알 수 없으니 다시 자동이체 신청 용지를 동봉해 드릴게요." "잠깐, 예전부터 쭉 자동이체였다고요." "그러세요? 아무튼 자동이체 신청 용지를 보내드릴게요." "그쪽에서 착오가 있었던 건 아닌가요?" "그런 일은 없습니다." "없다니, 어째서 확신할 수 있죠? 컴퓨터도 틀릴 수 있잖아요." "(흥, 하고 코웃음 치며) 그럴 가능성은 없습니다." "이상하네." "저희는 관계없으니까 손님이 은행에 가셔서 알아보십시오." "수도국인데요" 할 때부터 직원의 말투가 짜증스러웠다. 하지만 어쩌면 우리 집 효자가 부처님 같은 마음으로 수도 요금을 대신 내주려고 했을지도 모르니 여하튼 은행에 전화를 걸었다. 은행 상담원은 상담원답게 서비스 정신 넘치는 친절한 목소리로 전화를 받았다. 나는 은행이 얼마나 악독한 장사치들인지도 잊어버린 채 단순히 상냥한 목소리에 마음이 놓였다.

나도 은행도 잘못이 없었다. 상담원은 "신종 사기일지도 몰라요"라며 나와 한마음으로 걱정해주었다.

내 마음에는 분노와 기쁨의 거센 파도가 철썩철썩 격렬하게 부닥쳤다. 전투 개시다. 아, 나는 어째서 권력에 반항하기를 좋아할까.

"이봐요, 은행에 물어보니 아무것도 안 했다잖아요." 자신감과 희열에 가득 찬 내 목소리. "그런가요? 다시 조사해보겠습니다." "저기요, 조사도 안 해보고 전화한 거예요?" 의기양양하게, 제정신인데도 술 취한 듯한 시비조로 다그쳤다.

"저희가 다시 전화드리겠습니다." "당신, 아까 컴퓨터는 틀리지 않는다고 했죠." "다시 전화드리겠습니다." 전화가 끊겼다. "……" 아직 할 말이 남은 나는 전화가 끊기는 바람에 허공에 눈알을 굴렸다.

10분도 안 되어 수도국에서 전화가 왔다. 엎드려 싹싹 비는 목소리였다. 당신, 아까 그 사람 맞아?

"저희 실수입니다." "실수한 건 괜찮아요. 하지만 거만한 경찰이 범인 대하는 것 같은 아까 그 말투는 좀 아니지 않나요?" "죄송합니다." "수도국은 누굴 위해 있는 건가요? 수도국을 위해 있는 게 아녜요. 수돗물을 쓰는 사람을 위해 있는 거라고요." "맞습니다." "컴퓨터는 안 틀릴 것 같아요? 인간보다 기계가 정확하다고 생각하나 보네요. 입력하는 건 인간이라고요. 어쨌든 아까 코웃음 친 거 사과해요." "죄송합니다." 언제 전화를 끊어야 할지 모르겠다. 내버려두면 밤까지 계속할 기세다.

"……참 나" 하며 전화를 끊었다. 나는 자기혐오로 똘똘 뭉쳐 있다. 기분이 몹시 나빠졌다. 화나서 내뱉은 말을 스스로가 견딜 수 없다. 세계에서 가장 성격이 나쁜 인간은 바로 나라는 확신이 들어 괴로움에 몸부림쳤다. 나는 공공 기관에 가면 반드시 싸움을 벌인다. 아니, 공공 기관 현관부터 시비 거는 태도로 들어간다. 언젠가 시청에 무슨 증명서를 떼러 갔는데 위임장이 없으면 안 된다고 거절당한 적이 있다.

"위임장 종이를 어딘가에서 파나요?" "아뇨, 아무 종이라도 괜찮습니다." "인감도장 찍어야 하나요?" "아뇨, 아무 도장이나 괜찮습니다." "그럼 내가 여기서 써도 되나요?" "아니요, 그건 안 됩니다." "그럼 안 보이는 데서 쓰면 괜찮나요?" "괜찮습니다."

이건 또 무슨 말인가. 나는 배알이 꼴렸다. "그럼 지금부터 저 기둥 뒤에서 쓸 거예요." "좋습니다." 좋다니? 나는 기둥 뒤에서 위임장을 쓰고 도장을 찍었다.

"여기, 위임장이요." "네, 접수했습니다."

그것으로 충분했다. 어쨌든 접수됐으니까. 하지만 기어코 한마디 던지는 나.

"필적감정 같은 거 해요?" "아니요." "그럼 다른 사람이 나인 척해도 증명서 뗄 수 있는 거잖아요." "……여기 원칙이니까요." "위임장 같은 건 있든 없든 마찬가지잖아요." "원칙이니까요."

시청은 혼잡하다. 창구에서 트집을 잡는 건 다른 사람에게 민폐다. 하지만 나는 도무지 참을 수가 없다. 시청을 나올 때 자기혐오에 빠져서 기분이 무척 우울해졌다. 아아, 그때 그 시청 현관이 눈앞에 떠오른다.

하지만 나에게도 나름대로 원칙이 있어서 "윗사람 불러!"라는 말은 절대 하지 않는다. 그들에게도 아내와 자식이 있다. 아무리 나라도 거기까지는 하지 않는다. 장하다. 아니, 장할 것도 없다.

수도국 직원은 "재수가 없으려니까…… 갱년기 히스테리 할망구!"라며 내 험담을 늘어놓겠지. 미안하지만 갱년기는 끝난 지 오래다. 늙은이는 공격적이고 언제나 저기압이다.

부엌에서 냉장고를 열어 보니 당근이랑 감자, 토마토가 어중간하게 남아 있었다. 냉동실에는 꽤 오래전에 산 스테이크가 한 장 있었다. 시계를 보니 11시였지만 배가 고프지 않다. 전부 같이 삶아버리자. 셀러리가 없어서 교카이도리 모퉁이에 있는 채소 가게에 갔다. 가까워서 걸어갔다. 샌들을 질질 끌며 걷다 보니 내 발소리를 듣는 건 퍽 쓸쓸한 일이라는 생각이 들었다.

"셀러리 주세요." "셀러리 없수." "요전에 왔을 때도 없었잖아요." 가게 영감은 나와 동년배다. 그러고 보니 파슬리도 없었다.

"내가 싫어해서. 냄새가 고약하니까." 영감이 말했다.

"뭐라고요? 여긴 채소 가게잖아요." "냄새나는 건 싫다고 했잖수." 나는 깜짝 놀라 입만 우물거렸다.

"남는 건 집에 들고 가서 먹어야 한다고. 그래서 안 들여놓는 거요." "흠, 그럼 언제 오든 없겠네요." "내가 싫어하니까." 존경심이 절로 우러나오는 영감이다. 생각해보니 이 영감은 노상 화가 나 있다. 대각선 건너편의 정육점 아저씨도 거만한 데다 항상 언짢은 기색이다.

별수 없이 거리를 어슬렁어슬렁 걸어 세이유까지 가서 셀러리만 샀다. 오우메카이도를 걷다가 문방구 앞에서 도장을 사야 한다는 생각이 들었다. 길가에 나와 있는 도장 진열대를 획획 돌렸다. 아이우에오 순서로 가타카나 스티커가 붙어 있다. 사, 사, 사, 찾았다. 하지만 돋보기안경을 두고 온 바람에 도장에 새겨진 글자까지는 안 보여서 가게로 들어갔다. 이 가게 영감도 나와 동년배인데, 근방의 유명 인사다. 모두들 "아, 그 영감" 하며 웃을 정도다.

"도장을 사려고 하는데요, 안경을 안 가져와서요. 좀 찾아주세요." 영감은 무테안경 너머로 나를 힐끗 쏘아보았다. "이름이?" 하고 묻기에 "사노예요"라고 대답하자 몹시도 못마땅하다는 듯이 가게를 나와서 도장 케이스 앞에 앉아 진열대를 휙휙 돌리기 시작했다. 내가 영감 뒤편에서 "저기, 사, 사 자가 있어요" 하고 알려주자 영감은 뒤돌아보며 고함쳤다. "당신 말이야, 사 자는 보여도 도장 글잔 안 보이잖아? 안 보이니까 나한테 부탁한 거 아냐!" "아, 네, 네." 영감은 도장을 빼 들고 내 곁을 스치며 "참 나, 원" 하고 계속 화를 냈다.

이 가게 영감은 언제든 기분 좋은 법이 없다. 얼마 전 이 문방구에서 이부세 마스지소설가. 다자이 오사무의 스승이다가 쓰던 원고용지를 판다는 소문을 들었다. 구경하고 싶은 마음에 "이부세 마스지 원고용지 있어요?"라고 물었더니 전보다 훨씬 무서운 얼굴로 "없소"라고 대꾸했다.

왠지 어색하고도 비굴한 기분이 들어 멍청히 서 있었다. "전에는 있었지만 지금은 없소." 나는 그 틈을 놓치지 않고 즉시 물었다. "어떤 거였어요?" "회색 선이 그어진 거." "가장자리에 이름이 인쇄되어 있어요?" 영감은 물어뜯을 기세로 이를 드러내며 "선생은 그런 천박한 짓은 안 해"라고 말했다. 죄송합니다.

이름을 인쇄하는 건 정말로 천박하다.

"워드프로세서가 보급되면서 원고용지 같은 건 안 팔리게 되었다고!" 세상 사람들이 워드프로세서나 컴퓨터를 쓰는 현상을 나 보고 책임지라는 듯한 말투다.

"참, 만년필 카트리지 주세요."

"만년필이 없으면 어느 카트리진지 모르잖소." 영감이 안쪽으로 황급히 가버리기에 "가지고 왔어요. 이거예요"라며 만년필을 꺼냈다. 영감은 되돌아와서 "흠" 하고 중얼거렸다. 지금은 청흑색 잉크가 들어 있긴 하지만, 어떤 색으로 갈지 망설이다가 "검정색 있어요?"라고 묻자 또다시 나를 매섭게 노려보며 청흑색을 꺼냈다. "만년필은 청흑색이 당연하잖소." 지당하신 말씀이다. 나는 왠지 영감이 좋아졌다.

돈을 내고 가게를 나서다 보니 1,080엔이라는 애매한 가격의 플라스틱 상자가 있었다. 관뒀으면 좋았을 것을, 다시 돌아가 "이거 주세요"라고 말하고 보니 1만 엔과 1천 엔 지폐, 5엔과 1엔 동전밖에 없기에 그만 쓸데없는 말을 해버렸다.

"저기, 잔돈은 깎아주면 안 돼요?" "뭐라고?" 영감이 죽일 듯 쏘아붙였다. "당신 같은 손님은 처음이오. 가지고 가버려! 나 원."

그러고 나서 문득 지우개가 없다는 사실이 떠올랐다. 관뒀으면 좋았을 것을, 가게 안쪽에서 300엔짜리 지우개를 들고 와서 셀로판테이프와 함께 계산대에 올려놓고 1만 엔짜리 지폐를 꺼냈다. 영감은 "당신, 이걸로 내가 잔돈은 안 받아도 되느냐고 하면 어쩔 거요?" 하며 1만 엔짜리 지폐를 낚아채 팔랑거렸다. 나는 얼굴이 새빨개졌다.

잔돈을 받아 가게를 나서자 "어째서 물건을 한 번에 안 사는 거요. 당신 때문에 내가 세 번이나 돈을 넣었다 뺐다 했다고!"라는 고함이 들렸다. 하지만 그때 이미 나는 영감을 좋아하게 되었다. 영감님 말씀이 지당하다. 바보 같은 나.

"죄송합니다"라고 말하고 살짝 미소 지었다. 아, 늙은이는 정말로 항상 저기압이다. 마음속으로 '영감님, 힘내요' 하고 응원했다. 나는 마조히스트인 걸까.

집에 돌아온 다음 배가 고픈지 안 고픈지 애매해서 냉동 바나나와 우유를 믹서에 갈아 마셨다. 지저분한 색깔이다. 마치 코에 꽂은 호스로 음식물을 공급하는 주머니 속 내용물 같다.

어릴 때는 어째서 바나나 냄새가 천국의 향기라고 생각한 걸까.

부모님은 바나나를 꼭 반쪽씩만 주셨다. 한 개를 다 먹으면 이질에 걸린다고 했다. 베이징의 바나나는 어디서 왔을까. 타이완에서 왔을까? 죽기 전에 어떻게든 한 개를 온전히 먹고 싶었다. 우리 집만 그런 줄 알았는데, 친구에게 물어보자 모두들 바나나를 반쪽씩만 먹었다고 한다. "이질 걸린대."

그 뒤로 바나나는 자꾸만 저렴해졌다. 값이 싸지니 아무도 이질 같은 말은 입에 올리지 않았다. 얼마든지 먹을 수 있게 되고 나서야 나는 바나나를 좋아하지 않는다는 사실을 깨달았다. 바나나는 과일이라는 느낌이 없다. 감자 같다. 파근파근해서 목이 멘다. 그런데도 집에는 항상 바나나가 있다.

먹다 남은 바나나는 튀기거나 간식으로 만들곤 했지만 아들도 별로 좋아하지 않는 듯했다.

언젠가 노노코가 냉동 바나나를 아이스바처럼 할짝할짝 핥아 먹는 모습을 보고 깨달았다. 바나나는 얼릴 수 있구나. 한 개를 삼등분해서 랩에 싼 다음 냉장고에 넣어두면 왠지 기분이 좋다. 알맹이가 거뭇거뭇 물컹해져서 버리는 일이 없어졌다. 우유도 바나나도 싫지만 왠지 몸에는 좋을 것 같다.

매일 아침 바나나 우유를 의무처럼 마신다. "웩, 맛없다" 하고 소리 내어 말할 때도 있는데, 그래도 배는 든든하다.

멍하니 있다가 그러는 것도 지겨워서 짝퉁 포토푀를 만들었다.

자투리 채소를 전부 냄비에 넣은 뒤 셀러리를 싫어하는 채소 가게 영감의 얼굴을 떠올리며 셀러리도 넣었다. 역시 이런 음식을 만들 때는 이틀 정도 고기 힘줄 부위를 난로에서 뭉근히 끓여야 제맛인데.

예전에 고기 힘줄 부위를 넉넉히 넣고 포토푀를 만들다가 국물에 떠오른 기름을 제거하는 게 귀찮아서, 채반에 냄비째 털어 넣어 고기랑 채소를 건져낸 적이 있다. 국물에는 아직 자잘한 찌꺼기가 남아 있었다. 마셔봤더니 그 맛은 흡사 콩소메 수프였다. 커피 여과지를 커다란 컵에 걸치고 국물을 거르니까 놀라우리만치 투명한 국물이 나왔다. 맛을 보니 고급 호텔 식당도 저리 가랄 정도로 훌륭한 콩소메였다. 설탕도 넣지 않았는데 정말로 콩소메 맛이 났다. 와, 나도 콩소메를 만들 수 있구나. 그날은 고기랑 채소를 겨자에 찍어 먹고, 콩소메를 들이켜며 혼자 감격했다. 그다음에는 처음부터 콩소메를 만들 작정으로 전처럼 고기와 채소를 삶았다. 전처럼 커피 여과지에 걸렀더니 국물이 탁했다. 여과지를 두 장 겹쳤다. 그래도 탁했다. 어째서 똑같이 만들어지지 않는 것일까.

너무도 의아했다. 그러고 보니 나는 항상 음식을 똑같이 만들지 못한다. 나 자신도 놀랄 정도로 맛있는 회덮밥을 만들고 난 후에 토할 정도로 맛없는 회덮밥을 만든다. 말 그대로 토할 정도다. 그 사이에는 맛있지도 맛없지도 않은 불안정한 회덮밥을 만든다. 언젠가 나는 어째서 이 모양일까, 하고 탄식하자 열세 살짜리 남자애가 나를 위로했다. "그래서 가정식은 질리지 않는 거래요. 또 여자들은 체온이 매일 변하니까 맛도 미묘하게 변한대요." 어찌나 착한 아이인지. "그런 건 어디서 배웠어?" "요전에 학교에서 배웠어요."

흠, 요전에 성교육을 받은 모양이다. 세련된 예를 드는 선생이지 뭔가.

하지만 갱년기는 이미 옛날에 끝났다. 그런데도 왜 이렇게 변덕스러운 요리를 만드는 것인가. 감정 기복이 심하고 불안정한 성격 탓임이 분명하다. 성격은 병이다. 사사코 씨의 꼼꼼함도 병이다. 겉모습만 화려하지 내실이 없는 미미코 씨도 병이다.

병에 걸리기 전에 노노코가 만들던 요리는 풍성하고도 여유로웠으며 대범했다. 두 아들이 말처럼 달려들어 먹었다. 그 아들들도 이제는 머리가 벗겨지기 시작했다.

아들이 한창 잘 먹던 시기에는 우리의 식탁은 물론이고 인생도 풍족했다. 사랑이니 연애니 하는 것들과 비교할 수 없을 정도로 알찼다.

결코 돌아갈 수 없는 세월을 추억하다 보면 마음이 아릴 정도로 슬퍼진다. 그 당시에는 무언가에 쫓기듯 바쁘기만 했는데. 노노코, 너희 집 애들은 식빵을 각자 한 줄씩 먹어치웠지.

또다시 멍하니 있던 와중에 전화벨이 울렸다. "저어, 기억하실지 모르겠지만 ○○예요." 기억 못한다. "요즘 전원생활 관련 잡지를 만들고 있는데요. 이번 호에서는 가루이자와를 다루려고요. 원고 좀 써 주실 수 있을까요?" "이봐요, 가루이자와랑 내가 사는 기타카루이자와는 다른 데예요." "네에?" "가루이자와는 나가노 현이고 기타카루이자와는 군마 현이라고요. 여긴 그냥 시골이에요." "아. 그렇군요. 그래도 그림이랑 글을 둘 다 부탁드리고 싶은데요." "괜찮은 사람 소개해드릴게요. 나카카루이자와에 사는데 그림이랑 글솜씨가 훌륭해요. 부인은 유리공예가고 본인은 클래식 카를 두 대나 가지고 있죠. 멋지게 사는 사람이에요." "누구신데요?" "이름은 사토 마사히로인데, 〈카 클래식〉이라는 잡지에 그림이랑 글을 기고해요. 그림이 정말 좋아요." "저, 좀 더 저명한 분이⋯⋯. 요전에 이즈 편에서는 아사이 신페이사진작가이자 배우 씨께 부탁드렸거든요." 갑자기 부아가 치밀었다. 그래? 그렇단 말이지? "이것봐요. 당신. 세련된 잡지를 만들고 싶나 보군요." "맞습니다." "저기요, 난 세련된 거라면 전부 다 너무 싫다고요. 미안하네요." 나는 전화를 끊어버렸다. 그러고는 금방 풀이 죽었다.

아, 이러다가 친구가 모조리 떨어져 나갈 것 같다. 이제 싫어하는 사람 이름을 대라고 하면 모두들 나를 가리키며 "아아, 그 사람" 하고 비웃을 것 같다. 문방구 영감처럼 되는 것이다. 나는 괴로움에 몸부림치며 바닥없는 더러운 늪으로 뛰어든 듯한 기분이 들었다. 좌불안석이었다. 벌벌 떨리는 손으로 노노코에게 전화를 걸었다. "무슨 일이야?" "있잖아, 나 착한 할머니가 되어야 할지 못된 할머니가 되어야 할지 모르겠어." "새삼스럽게 왜 그래?" "나 점점 못된 할머니가 되는 것 같아." "그럼 전엔 착한 할머니였단 거야?" "……더더욱 못된 할머니가 되어간다고. 속도위반으로 달리는 폭주족처럼 말이야." "뭘 좋은 사람인 척하는 거야. 난 말이야, 어릴 적부터 노노코처럼 제멋대로인 애는 없단 소릴 부모님한테도 선생님한테도 들었다고. 이젠 아무렇지도 않아." 하지만 노노코에게는 상식이라는 게 있다. 내 상식은 나한테밖에 통하지 않는다. 나는 노노코에게 착한 할머니와 못된 할머니 이야기를 들려주었다.

옛날 어느 마을에 착한 할머니와 못된 할머니가 살았습니다. 어느 날 이웃 마을에서 축제가 열렸습니다. 그래서 마을에는 할머니들뿐이었습니다. 이웃 마을의 돈베 씨와 돈베 씨 부인 그리고 못된 할머니가 한꺼번에 죽었습니다. 왜냐하면 돈베 씨 딸이 애인을 데리고 왔기 때문입니다. 애인은 프로 권투 선수였습니다. "따님을 제게 주십시오." 권투 선수가 말했습니다. 돈베 씨는 완고하고 난폭한 사람이었습니다. 성질이 불같아서, 욕을 퍼부으며 권투 선수의 화를 돋웠습니다. 어쩌면 먼저 후려갈겼을지도 모릅니다.

나중에 마을 사람들은 말했습니다. "딸이 좋다는 사람을 공연히 반대해서는……." 돈베 씨와 돈베 씨 부인을 죽인 권투 선수는 맨발로 이웃 마을까지 도망쳐서 착한 할머니 집에 도착했습니다. 몹시 배가 고파서 무언가 먹고 싶었던 것일지도 모릅니다. "이걸 입게나." 착한 할머니는 세탁한 티셔츠를 건네며 더러운 셔츠를 갈아입혔습니다. "먹을 게 없구먼." 착한 할머니는 밭에서 오이를 따 권투 선수에게 건네주며 말했습니다. "저리로 도망가게." 그러고 나서 프로 권투 선수는 못된 할머니네로 가서, 어찌된 영문인지 그 집에서 못된 할머니도 죽어버렸습니다.

경찰이 온 산을 뒤져서 권투 선수를 붙잡았습니다. 어쩌면 사형당할지도 모릅니다. 마을 사람들은 입을 모아 못된 할머니는 죽어 마땅하다고 말했습니다.

예전에 못된 할머니가 병원에 입원한 적이 있었습니다. 옆 침대 사람이 수술을 해서 식사로 미음이 나왔습니다. "미음은 먹기 힘든데." 옆 사람이 말하자, 못된 할머니는 "그럼 내가 먹지 뭘" 하며 홀랑 먹어치웠습니다. 죽이 나왔을 때도 "먹기 힘들지?" 하며 몽땅 먹어버렸습니다. 평범한 식사가 나왔을 때도 전부 먹어치워서, 옆 사람의 며느리는 삼시 세끼를 가져다 날랐습니다. 누구라도 말싸움을 할 바에야 식사를 나르는 게 낫다고 생각할 정도로 무서운 할머니였습니다.

"죽어 마땅한 말을 했나 보지, 뭐." 마을 사람들은 살인마 권투 선수를 몹시 동정했습니다.

"난 죽어 마땅한 못된 할머니가 될 게 틀림없어." "괜찮아,
누구나 때가 되면 죽는 법이니까. 괜찮아." 노노코는 나를 위
로했다. 뭐가 괜찮다는 걸까. 통화를 마치고 텔레비전을 보면
서 오이 샌드위치를 만들어 짝퉁 포토푀 속에 뒤섞여 있던 건
더기랑 같이 먹었다. 맛있지도 맛없지도 않았다.

담배가 없어서 어슬렁어슬렁 편의점까지 걸어갔다.

왠지 낯익은 영감이 있었다. 영감은 계산대에서 담배를 사
다가 내 얼굴을 보고 웃었다. 깜짝 놀랐다. 문방구 영감이었
다. 가게 주인을 밖에서 마주치면 이미지가 얼른 연결되지 않
는다. 깜짝이야. 이 영감, 웃을 줄도 아네. 영감은 다정하게
"이야, 오늘 참 덥구려"라며 마치 평범한 사람처럼 인사를 건
네왔다. 나도 보통 사람처럼 "올해는 좀 이상하죠" 하고 허둥
지둥 대답했다. 영감은 계산대의 여자아이에게 지시했다. "거
기, 그거 말고 좀 더 오른쪽." 몸을 쑥 내민 채 말보로 멘톨이
있는 장소를 가르쳐주고 있었다. 놀랍게도 문 앞에서는 나한
테 손까지 흔들었다.

아아, 곤란하다. 나는 저 영감이 언제나 저기압이라서, 영감
을 대할 때면 조심조심 있는 힘껏 용기를 쥐어짜야 해서 좋았
던 것이다.

내일부터 살아갈 용기가 없어진 듯한 기분에 잠겨 집으로 돌아왔다.

　목욕을 하고 잠이 들었다.

특별한 건 필요 없어

2005년 겨울 X월 X일

암에 걸려서 머리카락이 우수수 빠진다. 아침에 일어나면 먼저 박스 테이프를 손에 감고 베개에 떨어진 머리털을 찌익 찌익 떼어낸다. 나는 어째서 이런 게 좋을까. 끈끈이에 붙잡힌 바퀴벌레를 볼 때의 성취감, 약에 빠져 죽어 새까맣게 떠 있는 작은 개미들, 많으면 많을수록 기쁘다. 나는 암에 걸린 직후 머리를 2센티미터 정도로 짧게 잘랐다. 그런데도 머리카락이 엄청나게 빠진다. 찌익 찌익 찌익, 접착력이 떨어지면 다시 새 테이프를 잘라서 찌익 찌익 찌익. 둥글둥글 뭉친 지저분한 박스 테이프 산이 금세 만들어진다. 아무리 테이프 청소를 좋아하는 나라도 완전히 질려버렸다. 오늘은 검은색, 내일은 분홍색 머리카락이 떨어져 있다면 또 모를까, 이제는 질렸다. 그래, 미용실에 가서 면도기로 밀어버리자. 까까머리 동자승처럼 밀어버리자. 비구니처럼 밀자는 생각이 안 드는 건 왜일까.

아침밥을 먹고 미용실에 갔다.

"나는 암 환자예요. 머리카락이 자꾸 빠져서요, 면도기로 밀어줄래요?"라고 했더니 소심한 남자 미용사는 긴장으로 얼굴이 굳어졌다. "징그러우면 안 해줘도 괜찮아요." "아니요, 아닙니다." 미용사는 꺼림칙한 표정으로 대답했다. 누구라도 암에 걸릴 수 있는데.

눈 깜짝 할 사이에 민둥산이 되었다. 새로운 사실을 깨달았다. 태어나서 이만큼 잘 어울리는 헤어스타일은 없었다는 것. 왠지 모르게 '이게 바로 나'라는 순수한 느낌이 들었다. 사람들이 놀라지만 않는다면 평생 까까머리로 지내고 싶을 정도다. 알고는 있었지만, 까까머리가 되자 10엔짜리 동전만 한 땜통이 드러났다. 아직 짧게나마 머리카락이 남아 있어서 짐작가는 부분을 더듬자 그 자리에 있었다. 아, 땜통을 만질 때마다 그립고도 절절한 마음이 든다. 이 상처는 어릴 적 남동생이 내 머리카락을 죽을 둥 살 둥 잡아 뜯어 생긴 것이다. 하지만 남동생이 난폭하다고 속단해선 안 된다. 내가 성질 나쁜 애였던 거다. 남동생은 말수가 적고 조용하며 참을성이 강해서 마치 우리 집 애가 아닌 듯했다. 달랑 하나 있는 남자애였는데도. 아니, 오히려 달랑 하나 있는 남자애였기 때문일까.

얼마 전 예순 넘은 남동생에게 땜통을 보여주었다.

"이거 기억나?" 하고 물어보니, "음, 미안. 기억 안 나는

데……"라고 변함없이 온화한 표정으로 미안해했다. 네가 나빴던 게 아니다. 살인자가 반드시 나쁜 놈이라고는 할 수 없다. 사람을 죽이게끔 부추기는 악한도 있는 것이다. 그런 녀석들은 10엔짜리 땜통 정도로 끝난 것에 감지덕지해야 한다.

제2차 세계대전이 끝난 후 일본은 식량난에서 빠져나오기 위해 필사적이었다. 하지만 남동생은 한마디로 말하자면 지나치게 느긋했다. 남동생 사전에 요령이라는 단어는 없었다. 지금 생각하면 어린애가 넷이나 있는 집은 이상적인 가정이긴 했지만, 그 집의 식탁은 아이들에게 전쟁터나 다름없었다. 우선 모두 음식을 빨리 먹게 된다. 하지만 사람에게는 저마다 식사의 미학이라는 게 있다. 좋아하는 음식을 먼저 먹는 사람이 있는가 하면, 최후의 순간까지 남겨두었다가 한입에 쏙 넣고 음미하는 사람도 있는 법이다. 나는 한 치 앞은 암흑이라고 생각하는 편이다. 지금 지진이라도 일어나면 어쩌나 하는 걱정에 되도록 미련을 남기고 싶지 않아 하는 성질 급한 인간이다. 그러나 남동생은 훨씬 선량하게 이 세상을 믿었다. 내 반찬은 금방 동이 난다. 나는 식사에 몰두하며 느긋하게 밥을 먹던 남동생의 접시에서, 그것이 가지 된장 볶음이든 크로켓이든 튀김이든 남동생이 고이고이 남겨둔 행복의 조각을, 접시 쪽은 쳐다보지도 않은 채 눈 깜짝할 사이에 소리 없이 낚아채 침착하고도 여유롭게 먹어치웠다. 남동생이여, 아아, 불쌍한 남동생이여. 너를 생각하며 운다시인 요사노 아키코의 반전 시 「너는 죽지 말거라」의 한 구절을 인용한 것. 남동생은 어리둥절한 표정으로 접시를 물끄러미 바라보았다. 그러고는 어라, 내가 다 먹은 건가 하는, 그야말로 순진한 표정을 짓는 것이다. 어딘가 납득이 안 간다, 이상하다, 왠지 손해 본 것 같아서 배 속이 울렁거린다는 얼굴이다. 꼬리가 길면 밟히는 법. 어느 날, 아마도 굴튀김이었던 것 같다. 남동생은 별안간 눈치를 챘다. 젓가락을 집어 던지고 나에게 덤벼들었다. 지금까지의 수수께끼가 한순간에 풀린 것이다. 그때 나는 죽을힘을 다해 덤벼드는 남동생을 당해낼 수 없었다. 평소보다 훨씬 센, 신들린 듯한 힘으로 덤벼든 남동생은 내 머리카락을 있는 힘껏 움켜쥐고 뽑았다. 정말로 굉장한 힘이었다. 남동생의 작은 손에 머리카락이 한 다발 들려 있었다. 나는 어쩔 수 없다, 어떤 일을 당해도 불평할 수 없다고 단념했다. 아팠는지 어쨌는지도 기억에 없다. 아버지도 엄마도 아연실색해서 나를 나무라는 것도 잊었다. 평소 결코 폭력적이지 않던, 얌전하고 소심한 동생의 광기 어린 분노에 압도된 것이다. 아아, 남동생이여, 불쌍한 남동생이여, 너를 생각하며 운다. 그리고 신기하게도 식탁은 쥐 죽은 듯 고요해졌다.

남동생은 또르르 눈물을 흘리며 그 눈물을 반찬 삼아 밥을 먹었다. 또르르 또르르, 또르르 또르르, 오로지 눈물을 흘릴 뿐이었다.

남동생의 울분을 떠올리면 60년이나 지난 지금도 또르르 눈물이 난다.

머리카락쯤이야 뽑혀봤자 다시 나겠거니 했다. 몇 년이 지난 뒤, 머리를 만지작거리다 보니 한 군데 머리털이 없어 반질반질한 부분이 있었다. 10엔짜리 동전 크기였다. 세월이 흘러 중학생, 고등학생이 되어 머리카락에 손을 쑤셔 넣고 시험문제를 풀다 보면, 갑자기 손가락이 미끄덩하고 머리털이 없어서 반질반질한 부분에 멈출 때가 있었다.

거기에 손가락을 대고 둥글둥글 문지르며 아아 남동생이여, 하고 생각했다. 땜통뿐만이 아니다. 배꼽 바로 옆에는 하얀 잇자국이 완벽한 타원형으로 남아 있다. 이것도 남동생이 물고 놓지 않아서 생긴 상처다. 그렇다고 가해자를 비난해서는 안 된다.

가해자는 조작되는 경우도 있다. 이 상처는 그 원인, 즉 나의 악행이 무엇이었는지 기억나지 않는다. 다만 죽을 둥 살 둥 내 배를 물어뜯는 남동생을 보며 '아, 내가 심했구나' 하고 생각했던 것은 기억난다. 배에 구멍이 나더라도 가해자는 나라는 사실을 잘 안다. 혹시 이 상처도 음식 때문이었을까.

그 착하고 얌전한 남동생이 요전에 우리 집에 왔을 때 "아침은 빵인데 괜찮아?" 하고 묻자 "아, 헤헤, 헤" 하고 멋쩍게 웃으면서도 단호하게, "나는 밥 아니면 안 되는데. 빵은 배가 안 차서"라고 대꾸했다. "된장국도 필요해?" "밥엔 된장국이지. 다른 건 필요 없어. 아무거나 괜찮아." "반찬은?" "샐러드 같은 거 말고. 채소는 나물이면 돼." "평소에는 뭘 먹는데?" "딱히 뭘 먹는다고 할 정도는 아닌데. 저기, 헤헤. 전갱이 구이 정도야. 정말로 특별한 건 안 먹어." "말린 전갱이 먹을 땐 무도 갈아서 곁들여?" "누나, 그건 당연하잖아. 안 그래?" "그리고 또?" "데루코는 요리 솜씨가 없어서 낫토 정도밖에 못 만들어." "낫토는 있어. 고명은 양하로 얹어도 되지?" "냄새나는 건 싫은데. 낫토엔 대파잖아. 쪽파는 먹어도 먹은 것 같지가 않다고. 고명은 대파 흰 부분으로 해야지. 진짜로 특별한 건 필요 없다니까." "그리고 또?" "다시마조림 같은 게 있으면 좋지." "그런 거 없어. 김은 어때?" "좋지. 근데 난 맛김은 안 먹어." 맛김이 있었던 건데. "밑반찬은 무절이밖에 없어." "무절이는 너무 달아서." 뭐라고? 이 녀석은 심약한 인격자의 가면을 쓴 요지부동의 옹고집쟁이였다. 어쩔 수 없이 마트에 가서 한 마리에 500엔이나 하는 말린 전갱이에 다시마조림까지 샀다. 어째서 500엔이나 하는 고급 전갱이를 샀느냐면, 남동생이 사는 시미즈는 건어물이 싸고 맛있기로 유명한 동네기 때문이다. 참나, 원. 남의 집에 와서 저 선량함의 탈을 쓴 완고함은 뭐람.

아침에 내가 먹을 우유에 냉동 바나나를 넣고 간 주스와 빵한 쪽을 1분 만에 차린 다음, 남동생을 위해 30분이나 들여서 '특별한 건 필요 없는' 아침 식사를 준비했다. 동생은 60년 전과 마찬가지로 느긋하게 말린 전갱이를 깨작거리며 말했다. "누나, 다음에 말린 전갱이 보내줄게. 누나도 알겠지만, 우리 동네 건어물이 맛있어." 뭐라고? 네가 지금 먹는 건 한 마리에 500엔이나 했다고. 그것보다 방금 그 말은 맛있는 건어물을 매일같이 먹고 있단 소린가.

이러니저러니 해도 동생은 제대로 된 아침밥을 먹고 있다.

옛날에 우리는 온 가족이 그런 아침밥을 먹었다. 아침에 추워서 이불 속에 파묻혀 있으면, 일어나기 전부터 통통통통 무를 채 써는 소리가 부엌에서 울려 퍼졌다. 멸치 우리는 냄새도 훅훅 풍겨왔다. 나는 어른이 되어 결혼해서 아직 어두컴컴할 때부터 차가운 물에 손을 담가가며 무를 통통 써는 장면을 상상하면 겁이 났다. 결혼 따위 하기 싫다, 어른이 되기 싫다고 생각했다. 그것도 매일매일. 그 무렵은 항상 아궁이에 장작불을 지펴서 아침밥을 지었다. 배추절임도 늘 만들었다.

엄마의 손가락은 짧고 굵었다. 새빨개서 시려 보였다. 아침상을 차리는 와중에 적어도 세 개 이상의 도시락을 만들었다.

그리고 이것이야말로 엄마의 대단한 점인데, 아침밥을 먹을 때면 이미 말끔히 화장을 끝내놓고 있었다. 어디서 화장을 한 것일까? 거울도 없던 연립주택에서. 그러면 아버지는 배추절임을 젓가락으로 뒤적이며 말하는 것이다. "분 냄새가 나는군."
엄마는 사과를 할 줄 모르는 사람이라서, 골을 내면서도 한편
으로는 아차 싶은 표정이었다.

한겨울의 차가운 배추절임은 맛있었다. 내 인생은 배추절임
을 만들지 않은 채 끝나버렸다. 우리 엄마가 특별히 모범 주부
였던 것은 아니다. 초겨울 쾌청한 날이면 네 등분으로 쪼갠 배
추가 어느 집 앞에나 주르륵 늘어서 있었다.

나는 이제야 생각한다. 집집마다 돌아다니며 배추절임을 한
입씩 맛보고 싶다고. 저마다의 현관에서 나는 냄새가 그 집의
냄새였던 것처럼, 배추절임 맛도 집집마다 미묘하게 달랐을 테
지. 엄마는 베이징에서도 배추절임을 만들었다. 나는 새하얗
고 딱딱한 밑동의 갓 자란 부분을 좋아했다. 지금 생각하면
잎사귀 부분이 훨씬 맛있었을 것이다. 하지만 나는 대개 마지
막까지 그릇에 남아 있는 부분을 좋아했다.

배추 밑동을 기꺼이 먹는 딸은 착한 아이였겠지. 내가 그 부
분을 먹을 때면 왠지 엄마가 온화한 표정을 지었던 것 같은 기
분이 든다.

그 무렵에는 아직 오빠도 살아 있었다. 오빠는 배추절임의
어떤 부분을 좋아했을까. 베이징 골목 구석의 중국식 집에서
우리 가족은 일본식 아침을 먹었다. 그걸로 충분한 것 같기도
하고, 역시 고국으로 돌아가 고향식 아침을 먹는 편이 좋을 것

같기도 했던 시절. 아침 식사만큼 민족의 문화를 대변하는 것이 또 있을까. 요즘 일본은 엉망진창이다. 남동생이여, 아, 남동생이여. 세상 한구석에서 소박하게, 바보같이 정직하게 살아온 남동생이여, 너는 앞으로도 **특별할 것 없는** 아침을 먹어다오. 그런 이들이 민족의 저력이니까. 경박한 누나는 아들에게 우유를 들이부은 현미 플레이크 따위를 먹였다. 그래서 머리를 금발로 물들이는 애로 자란 거겠지.

"너희 집은 겨된장 장아찌 만들어?" "아, 만들어." 할 줄 아는 게 **없는** 데루코가 뭐든 다 만들지 않는가. "데루코는 할 줄 아는 게 없어서 엄마가 있을 땐 엄마가 만들었어. 지금 먹는 것도 겨된장은 엄마가 만든 거야." 그렇게나 서로를 미워한 시어머니와 며느리였는데도 겨된장은 이어받은 건가. 할 줄 아는 게 없는 데루코는 위업을 달성했다. 얄미운 시어머니가 치매에 걸리자 함께 살던 그녀를 쫓아낸 것이다. 그땐 정말 놀랐다. 지금까지도 놀랍다. 하지만 겨된장 유산균은 이어받았다니, 고맙다, 할 줄 아는 게 없는 데루코야. 아아, 남동생이여, 남동생이여. 예순셋의 남동생이여. 너는 신부를 잘 고른 걸까, 잘못 고른 걸까. 분명 데루코는 로또 같은 신부겠지.

남동생을 역까지 바래다줬더니 "에헤헤, 데루코한테 선물 사 갈까"란다. 지하에서 염장 다시마 세트를 샀다.

"도쿄는 비싸군."

아아, 남동생이여, 남동생이여. 저 지방 도시 한구석에서 소박하고 수수하게, 알뜰하고 검소하게 살아가는 남동생이여, 어째서 너의 귀는 부처님도 울고 갈 정도로 복스러운 것인지.

사사코 씨네 아침 식사가 생각난다.

먼저 빳빳한 테이블 매트를 깐 다음 커피를 끓인다. 커다란 접시에 햄, 훈제 소 혀, 생햄과 치즈 몇 종류를 늘어놓고 알록달록한 채소, 삶은 달걀에 달걀 프라인지 오믈렛인지까지 올린다. 그것만으로 식탁이 가득 차서 나는 보기만 해도 배가 불렀다. 대체 어느 나라의 아침 식사인가?

예전에 미국에 갔을 때 호텔에서 오믈렛을 보고 깜짝 놀랐다. 커다란 접시에 오믈렛이 축 늘어져 있었다. 계란 여섯 개가 1인분이라고 했다. 아, 미국인은 야만인이다. 그 옆에서는 채식주의자인 성싶은 여자가 샐러드만 먹고 있었다. 그 샐러드 볼은 우리 집 설거지통의 4분의 3정도 되는 크기였다. 말처럼 먹는다고 해야 할까. 하지만 말도 먹을 때는 위턱과 아래턱을 비틀어대며 천천히 먹는다. 그 여자는 음식을 쓰레기통에 던져 넣듯 먹었다. 아무리 채소라도 그 정도로 먹으면 살찐다. 풀만 먹는 소들도 마블링이 감도는 스테이크가 되지 않는가. 서른일곱 해 전에 처음으로 이탈리아에 갔을 때, 사람들 대부분의 아침 식사가 커피와 빵뿐이어서 크게 실망했다. 분명 사사코 씨네 아침 식사 같을 거라고 상상했는데. 어쩌면 엄마가 차린

103

전통적인 일본 아침 식사의 영향이 그때까지 내게 남아 있었던 것일지도 모른다.

사사코 씨 가족들은 아침 식사를 모조리 해치운 뒤 점심은 무얼 먹을지 의논했다.

저녁 식사 풍경 같은 건 종이가 모자라서 쓸 수가 없을 지경이다.

"우리 집 엥겔계수가 얼마나 높은데. 지출이 거의 식비뿐이라니까. 그래도 언제 죽을지 모르잖아. 괜찮은 거겠지?" 사사코 씨의 질문에 "뭐, 괜찮겠지"라고 성의 없이 대꾸했지만, 내심 많이 먹긴 한다고 생각했다.

한번은 젊은 여성에게 톳을 줬더니 "으앙, 무서워라!" 하고 비명을 질렀다. "먹은 적 없어?" "없어요. 벌레 같아요." 또 어떤 날은 당근을 두부에 버무려 주었더니 "이거 뭐예요? 아이 징그러워"라고 말했다. "평소에 아침밥은 뭐 먹는데?" "카스텔라랑 홍차요." "그것밖에 안 먹어?" "네, 그것만요. 오래전부터요." 아, 일본인의 몸은 어찌 되는 걸까. 명품에는 눈이 뒤집히는 주제에, 사마귀같이 비쩍 말라 휘청거리는 몸으로 아기나 낳을 수 있을까.

그럴 때면 역시 일본의 어머니들이 대단하게 느껴지면서, 된장국 멸치 다시를 우리던 나날이 그리워진다. 하지만 나는 엄마처럼 되지 못했다. 어쩌면 내 아침 식사도 이미 타락했을지도 모른다. 툿을 징그러워하는 아이는 어딘가의 시설에라도 집어넣어서 제대로 된 아침밥을 먹이는 편이 좋다. 그 아이의 엄마는 대체 뭐 하는 사람인가? 전업주부인데도 그런 걸까? 아니, 관두자. 나는 전업주부라면 마음에 맺힌 응어리가 있어서 곧잘 이러곤 한다. 미안하다. 내 잘못이다. 요즘에는 아침에 일어나자마자 진한 녹차를 마시고 싶다는 생각을 한다. 그러다 정신을 차리고 보면 잠옷 차림으로 멍하니 텔레비전을 보면서 실제로 녹차를 마시고 있다.

옛날에는 모든 할머니들이 그랬다. 쪼그려 앉아 주름진 양손에 고이고이 찻잔을 감싸 들고 조심스레 차를 홀짝였다. 눈앞에서 제비가 날아가건 장맛비가 내리건 고양이 같은 눈으로 먼 곳을 응시하며 조용히 차를 마셨다. 나와는 관계없는 사람들이었다. 하지만 나도 모르는 사이에 그 관계없는 사람이 되어간다. 누군가가 가르쳐준 것도 아니다. 정신을 차리고 보니 진한 녹차를 멍하니 마시고 있을 뿐이다.

사사코 씨는 나보다 나이가 적긴 해도 머지않아 그렇게 될 것이다. 언젠가 사사코 씨도 아침에 일어나 멍하니 커피를 마시게 될까? 아니면 저도 모르게 떫은 차를 홀짝이게 될까. 그것도 아니면 여든이 되어서도 성대한 아침 식사를 해치운 뒤 "점심 땐 뭐 먹을까?"라고 말하게 될까.

그러고 보니 나의 불쌍한 남동생은 서른 즈음부터 아침 식사 전에 책상다리를 하고 앉아서 할 줄 아는 게 없는 데루코에게 차를 끓여 오라고 시켰다.

책상다리를 하고 앉은 폼은 돌아가신 아버지를 쏙 빼닮았다. 남동생은 점점 아버지를 닮아간다. 가장 무서운 건 발걸음, 소리 없는 발걸음이다.

어린 시절 문득 돌아보면 바로 뒤에 아버지가 서 있어 놀라곤 했다. 그럴 때마다 가슴을 쓸어내렸다. 이따금씩 남동생이, 벌써 예순셋인 남동생이 바로 뒤에서 "누나" 하고 부르면 깜짝 놀란다. 아버지는 남동생보다 훨씬 어린 나이에 죽었는데도, 저도 모르게 아버지를 닮아가는 남동생을 보면 무섭다.

아버지는 남동생처럼 상냥하고 온화한 사람이 아니었다. 면도칼, 살모사라고 불리던 사람이었다. 지금 살모사라고 불리는 사람은 나다. 아버지는 잘생긴 편이었는데, 외모는 닮지 않고 눈에 안 보이는 살모사 기질만 닮은 건가.

아버지, 일찍 돌아가셔서 안됐어요. 어릴 때는 가난한 농가여서 피나 소면만 먹고 말이죠. 요전에 여든여덟인 작은아버지가 "네 아버지는 어떻게 대학을 나왔는지 모르겠다. 누가 학비를 대준 걸까?"라며 고개를 갸웃거렸다. 뭘 먹고 살았던 것일까.

일본이 중국 대륙에 진출했을 때나 맛있는 음식을 좀 먹었을까. 하지만 잘 먹은 것도 여섯 해 정도였다.

종전 후 중국에서는 수수죽을 훌쩍거렸다. 일본으로 돌아온 다음에는 대개 보리밥과 고구마를 먹었다.

그리고 아이를 터무니없이 많이 낳았다. 외동이었다면 나는 땜통도 잇자국도 얻지 않았을지도 모른다. 나는 아침 식사가 끝날 무렵이 싫었다. 우리 집에서는 된장국 그릇 속에 국물을 우리고 남은 멸치를 한 사람당 두세 마리씩 배급했다. "칼슘이다, 먹어." 아버지는 눈을 희번덕거렸다. 그건 정말로 맛이 없어요. 입안이 따끔거린다고요. 나는 두 번 다시 그 멸치를 먹고 싶지 않다. 아무리 배추 밑동이 맛있어도 멸치 하나 때문에 아침 식사가 엉망이 되는 것 같았다.

아버지는 칼슘에 매우 집착했다. 잔 전갱이로 튀김을 만들면 "머리부터 먹어라, 칼슘이다"라고 했다. 어딘가에서 사 온 잔 전갱이를 풍로에서 한 마리씩 산더미처럼 구운 다음, 엽차를 끓인 냄비에 보글보글 삶아 달착지근하고 짭짤하게 만들어서 큰 접시에 담아 먹는 것을 좋아했다. 전갱이는 대가리도 몸통도 흐물흐물했다. 참으로 알기 쉬운 칼슘이었다.

일본의 맛있는 음식은 거의 다 술안주다. 사사코 씨네 저녁 식탁에는 술안주용으로 차린 맛있는 음식이 즐비하다. 아버지가 못 먹어보고 죽은 것투성이다. 아버지가 좀 더 오래 살았더라면, 요리라면 결코 빠지지 않는 엄마가 도미 다시마절임 정도는 만들어 드렸겠지. 그래도 아버지는 전갱이 회를 먹고 남은 등뼈를 칼슘이라며 튀겨서 소금을 뿌려 먹을지도 모른다. 아버지는 죽을 때까지 충치 하나 없었다. 상아색을 띤, 투명하게 빛나는 훌륭한 이였다. 맥주병 마개 같은 건 이로 뽑았다. 그랬던 아버지의 이가 그대로 화장터에서 재로 흩어졌다고 생각하면 분하다.

칼슘 하면 역시 잔 생선인 걸까. 아버지보다 훨씬 오래 살았고, 아버지에 비하면 월등히 풍족하게 지내는데도 내 이는 충치투성이라서 치과에 몇백만 엔이나 쏟아부었다. 장수도 부질없다. 삶의 질이 높아져봤자 쓸데없을 뿐이다.

점심 무렵이 지나서 엄마 요양원에 갔다. 민머리에 모자를 쓰고 갔다. 엄마는 쿨쿨 자고 있었다. 이제 내가 누군지도 모르는 것 같았다. 나도 피곤해서 엄마 침대로 파고들었다. 엄마는 내 민머리를 쓰다듬으며 말했다. "여기에 남잔지 여잔지 모를 사람이 있네."

"엄마 남편은 사노 리이치지?"

"아무것도 안 한 지 한참 됐어." 아무것도라는 건 뭘까. 설마 엉큼한 그것일까? 하지만 아무 생각이 없는, 왠지 투명하게 느껴지는 엄마가 그런 소리를 하더라도 엉큼하게 들리지 않는다.

내가 큰 소리로 웃자 엄마도 소리 내어 웃었다.

"엄마, 인기 많았어?"

"그럭저럭." 정말일까?

"나 예뻐?"

"넌 그걸로 충분해요."

또다시 웃음이 터져버렸다.

엄마도 따라 웃었다.

갑자기 엄마가 희미하게 중얼거렸다.

"여름은, 발견되길 기다릴 뿐이란다."

나는 할 말을 잃었다.

"엄마, 나 이제 지쳤어. 엄마도 아흔 해 살면서 지쳤지? 천국에 가고 싶어. 같이 갈까? 어디 있는 걸까, 천국은."

"어머, 의외로 가까운 곳에 있다던데."

아무도 가르쳐주지 않았다

2005년 봄 X월 X일

눈을 떴더니 몸이 씹다 버리기 직전의 추잉 껌처럼 이불에 찰싹 달라붙어 떨어지지 않았다. 어릴 적에는 피로라는 말을 몰랐다. 장소를 가리지 않고 쿨쿨 잠이 들었고, 도중에 누가 깨우면 짜증이 났다. 자는 동안 가족들이 나 몰래 맛있는 음식을 먹은 게 틀림없다고 굳게 믿었다. 아침이 되면 자리에서 벌떡 일어났다.

젊은 시절에는 하룻밤 자고 나면 피로가 풀렸다. 더 이상 젊지 않은 나이가 되자 무리하면 근육이 다음 날부터 저려왔다.

좀 더 나이 들고 보니 이틀이 지나서야 근육이 욱신거렸다. 이상한 기분이었다. 한 친구는 술을 마신 이틀 후에 숙취가 생긴다고 한다. 이거야말로 노인이 아닌가. 늙으면 다들 이렇게 변하는 것일까. 아무도 가르쳐주지 않았다. 노인이 굼뜬 건 늙어서 그렇겠거니 싶었는데 속사정이 이랬다니. 그리고 나는 익숙해졌다. 오늘의 피로는 일주일 묵은 것이다.

짧은 여행을 다녀와서 곧바로 책 300권에 사인을 했다. 마칠 때쯤에는 당연히 녹초가 되었지만, 나는 이걸로 먹고사는 것이다. 독자는 신입니다. 고맙습니다. 몸은 지쳤어도 감사의 미소가 절로 우러나왔다. 한 사람 한 사람에게 속으로 연신 고개를 숙였다. 300번 이상 머리를 조아렸다. 진심으로 감사하는 마음을 담아서.

일주일이 지난 오늘 아침, 내 몸은 추잉 껌이 되었다. 추잉 껌이 된 손 근육이 비로소 아려왔다. 일주일이나 지났는데. 단지 글씨를 좀 썼을 뿐인데. 이대로라면 화장실도 못 간 채 저녁까지 밥도 안 먹고 겨울잠 자는 개구리처럼 늘어져 있을 지경이다.

점심때까지 물만 마시고, 화장실도 겨우 다녀와 침대에 배를 깔고 엎드렸지만 추잉 껌은 잠들 수 없었다. 점점 무기력하게 밑바닥이 없는 우울로 빠져든다. 아, 무언가 즐겁고 신나는 게 필요하다. 지금, 아니 올 한 해 동안 내게 즐거움과 행복은 딱 하나밖에 없었다. 다 죽어가는 늙은이가 몸을 일으켜, 우유도 사러 가기 싫을 지경인데 슈퍼마켓보다도 먼 비디오 대여점까지 비틀거리며 걸어가게 만드는 그것.

1년 전에 유방암 수술을 받았다. 암이라고 하면 주변 사람들은 얼굴이 새파래져서 눈을 끔뻑거리며 친절하게 굴었다. 나는 아무렇지도 않았다. 셋 중 하나는 암으로 죽는다. 당신들도 시간문제야. 나는 암보다 우울증이 몇 배나 더 힘들었다. 주위 사람들은 몇 배나 더 차가웠다. 주변에서 사람들이 점점 없어져갔다.

사람들이 없어지게끔 내가 변하는 것이다. 이제 죽고 싶어도 죽을 수 없는 폐인이 되어 몇십 년이고 살아야 하는 걸까. 내심 암에 걸린 사람들이 부러웠다. 하지만 그런 속마음을 입 밖으로 꺼내면 몇 안 남은 다정한 친구들도 뿔뿔이 흩어져 사라지고 말겠지. 내 우울증은 평생 낫지 않는다. 지금도 앓고 있다.

암은 덤 같은 것이다.

하지만 암 수술을 집도한 의사 양반, 내가 아무리 할머니라도 남은 살을 주름 잡아 겨드랑이 밑에다 모아놓기를 원한 건 아니었다고. 이 나이에는 목욕탕 말고 남들 앞에서 벗을 일이 없다 해도 그렇지, 모양 따윈 무시한 채 겨드랑이 밑에 주름 덩이를 만들어도 괜찮은 건 아니다. 1년이 지나도록 낫지를 않아서 팔이랑 주름이 아직 아프단 말이야. 내가 젊고 예뻤다면 의사 양반도 조금 더, 아니 상당히 신경 써서 솜씨를 발휘했겠지? 솔직히 말해보시지. 나에게는 주름도 덤이 되어버렸다.

병원은 집에서 예순일곱 걸음이다. 조금 더 큰 병원이었다면 복도 끝까지도 안 될 거리다. 병원은 모름지기 가까워야 한다. 나는 수술한 다음 날 아침 걸어서 집에 돌아와 소파에 느긋이 앉아 담배를 한 대 피웠다. 후우. 이 맛이다. 의사는 수술 전에 술은 마시는지, 담배는 피우는지 물어보았다. 나는 술은 입에도 안 댄다. "아니요." 의사는 내 얼굴을 보면서 "그래도 조금은 마시죠?" 하고 히죽 웃었다. 남들 눈에는 내가 제정신일 때도 술고래가 주정 부리는 것처럼 보이나 보다. 술을 안마신다고 하면 모두들 놀란다. 나한테는 이 세상에서 사라져도 조금도 곤란하지 않은 게 술이다. 의사는 내가 굴뚝처럼 담배를 뻑뻑 피운다는 사실은 상상조차 못했겠지. 후우, 청바지의 형사 마쓰다 유사쿠〈태양을 향해 외쳐라〉에서 형사로 출연한 배우. 순직 장면이 화제를 모았다가 죽기 직전에 한 대 피우는 기분이 이럴까. 그 뒤로 하루에도 몇 번씩 후우후우 심호흡을 하러 집으로 돌아왔다. 일주일이 되던 날 퇴원했다.

암은 좋은 병이다. 얼굴이 새파랗게 질려 병문안 오는 사람들이 멜론 같은 걸 사 온다. 나는 또 굴뚝이 되어 있다. 모두들 얼굴을 찌푸리며 "요코 씨……" 하고 아연실색한다. 제아무리 애연가라도 암에 걸리면 담배를 끊는다지. 흥, 목숨이 그렇게 아까운가. 『나라야마부시코』노인이 일흔이 되면 나라야마라는 산에 버리는 풍습이 있는 마을에 사는 할머니가, 자식에게 짐이 되지 않기 위해 서둘러 산에 가려 한

113

다는 내용의 소설의 오린 할머니도 예순아홉에 죽었다. 길을 걷다가 간판이 떨어져서 죽은 사람도 있다. 토토코 씨만 "괜찮아, 괜찮아. 좋을 대로 해. 요코 씨는 이미 충분히 살았는걸. 나도 충분히 살았어"라고 말했다. 토토코 씨는 지주막하출혈로 사경을 헤맨 후 두개골을 동그랗게 잘라서 민둥산이 된 머리를 쑥 내밀며 "여기, 여기" 하고 수술 자국을 보여주었다. 죽을 위기를 겪은 사람은 대담하구나. 요즘도 "나 완전 알코올의존증이야" 하며 태연자약하다.

서른여섯 살 먹은 남자가 배낭을 짊어지고 병문안 왔다. 배낭에서 〈겨울연가〉 비디오 전편을 꺼내며 "아줌마를 위해 가져왔어"라고 말했다.

이것이 바로 소문의 〈겨울연가〉인가. 우리 집 아들과 동갑인 이 남자는 평소에는 자못 냉소적인 척하면서 친구 엄마인 나를 보면 히죽히죽 놀려대는 통에, 한번은 "도대체 날 얼마나 우습게 아는 거냐?"라고 심각하게 물어본 적이 있다. 돌아온 대답은 "근데 아줌마는 진짜 우스운걸……."

"넌 이거 봤어?" "남들한텐 비밀인데, 나는 암만해도 욘사마가 싫어지지 않더라." 희귀한, 정말로 희귀한 남자다. 나는 비디오를 보기 시작했다. 다음 편, 그 다음 편을 나도 모르게 계속 보았다.

오후 1시부터 밥 먹는 시간도 아껴가며 보았다.

몇 번이나 엉엉 울었다. TV 드라마 〈남자는 괴로워〉를 보면서도 울었지만 그때는 이런 심정이 아니었다. 태어나서 처음으로 이렇게 울었다. 태어나서 처음으로, 이 세상도 저 세상도 아닌 전혀 다른 차원에서 내 혼은 정처 없이 헤매었다. 누군가가 심장을 옥죄는 듯이 울었다.

희귀한 남자 K도 울었다. 희귀한 남자 K는 지금 보는 게 여섯 번째라고 한다. 이런 남자를 만난 것은 전무후무한 일이다.

마지막 회가 끝나자 나는 지금까지 경험한 적 없는 행복에 멍하니 빠져들었다. 동이 터 창밖으로 보이는 좁은 하늘이 오렌지색으로 물들었다. 새벽 6시였다.

희귀한 남자 K여, 너도 나처럼 우스운 사람이었구나. "이제 잔다." 내가 말했고, 희귀한 남자 K도 잠들었다.

정오가 지나서야 일어나 비디오를 또 넣었다. 그러자 옆방에서 부스럭거리는 소리가 들리더니 K가 나타났다. K는 다시 비디오 앞에 벌렁 드러누웠다. K의 둘도 없는 친구인 나의 아들이 2층에서 내려오자마자 "엄마 침 흘리지 마!" 하고 소리쳤다.

나는 정말로 쿠션에 커다란 자국을 만들고 있었다. 스토리는 엉망진창이다. 욘사마 수난의 역사다. 교통사고를 두 번이나 당하는데, 두 번 다 연인인 최지우를 만나러 가는 순간이다. 3미터만 더 가면 껴안을 수 있을 거리에서 욘사마는 커다란 차에 치여 날아간다. 그리고 기억상실증에 걸린다. 여주인공을 짝사랑하는 소꿉친구가 등장하는데 나는 이 남자만 한 스토커를 본 적이 없다. 굉장한 집념이다. 집념 하면 욘사마도 여주인공도 빠지지 않는다.

그럼에도 여자는 욘사마와 스토커 사이를 왔다 갔다 하면서 그때그때 손 내미는 남자 쪽으로 가버리기에 나는 애간장이 탔다. 이 드라마를 보지도 않은 사람들은 "일본 드라마〈당신의 이름은〉이랑 똑같은 거 아냐?"라며, 다 안다는 듯한 표정으로 노골적인 경멸을 드러내지만 당치도 않은 소리다. 〈당신의 이름은〉은 남녀 주인공이 엇갈려서 애간장이 타지만, 〈겨울연가〉로 말하자면 아아, 여기서 욘사마가 나타나면 좋겠다고 생각하는 순간 헬리콥터를 타고 왔는지 어깨에 날개가 돋아 날아왔는지 여자로부터 10미터 떨어진 곳에서 안경 너머 혼신의 힘을 담은 눈빛으로 훌륭한 머플러를 두르고 서 있는 거다. 그것도 몇 번이고 몇 번이고 나타난다. 그러면 스토커 남자는, 그는 또 어디서 나타난 건지 건물 구석이나 나뭇가지 뒤에서 얼싸안은 둘을 지켜보고 있다. 몇 번이고 몇 번이고 줄곧 지켜본다. '이봐, 알겠지? 이제 그만 단념하라고!'라는 마음이 들지만 절대 포기하지 않는다. 서른여섯 해 동안 일본에 쌓인 원한을 잊어주는 민족이 아니다.

그 나라의 남자는 금방 운다. 눈물이 쉽게 솟구치는 구조로 눈이 만들어진 모양이다. 군대도 갔다 오는데 우는 걸 부끄러워하지 않는 것 같다. 장례식장에서 대신 곡해주는 사람이 있는 나라다. 아들은 "나는 저 여자가 좋더라"며 보기 시작했다. 같은 여자 입장에서는 상종도 못할 인간이지만 아무래도 미워할 수 없는 모양이다. 스토커 남자가 등장하면 나는 화장실에 가거나 설거지를 했다.

욘사마가 가지런한 치열을 드러내고 웃을 때면, 나는 아아, 저 얼굴을 언제까지나 바라보고 싶다는 생각을 한다. 하지만 욘사마는 남자도 여자도 아닌 불가사의한 존재다. 나는 욘사마를 남자로 좋아하는 걸까? 지금에 와서도 확실하지가 않다. 가부키의 여자 역할을 맡은 남자 배우도 아니고, 다카라즈카의 남자 역할을 하는 여자 배우도 아니며, 그렇다고 남장 여자도 아니고, 여자는 더더욱 아니다. "엄마, 욘사마 나왔어!" 아들이 외친다. "아니, 난 별로……" 하고 중얼거렸더니 "엄만 욘사마가 안 나올 때만 화장실 가잖아"라고 한다. "그래도 내 타입은 아닌데……." "스스로에게 솔직해져봐." 그래도 나는 잘 모르겠다. 보는 걸 멈출 수가 없다.

희귀한 남자 K는 말이 없다. 〈겨울연가〉 전편을 두 번이나 같이 봐주었다.

K는 우리 집에서 두 밤을 자고 돌아가며 "비디오 놓고 갈까?" 하고 우물쭈물 내뱉었다. 내심 두고 가길 바라면서도

"근데 너 또 볼지도 모르잖아" 하고 웅얼거렸더니 아들이 "내가 DVD 사 줄게"라고 엉겁결에 말했다. "얼른 사 줘!" 아들은 케이스에 담긴 DVD 전편을 사 주었다. 꿈만 같았다.

"난 욘사마 데리고 집에 가고 싶어." 희귀한 남자 K는 말했다. "내가 게이인지 슬슬 걱정된다." 희귀한 남자 K가 비길 데 없는 호색가라는 사실은 알고 있다.

난생처음 DVD를 소유했다. 비디오와 DVD는 빌려 보는 거라고 여겨왔지만, 집에 항상 욘사마가 있다는 안도감은 그 무엇과도 바꿀 수 없었다. 나는 침실 텔레비전에 연결할 DVD 플레이어를 사들여 눈을 뜨자마자 스위치를 켰고 자기 전에도 스위치를 켰다. 이런 적은 태어나서 처음이다. 도가 지나치다고 해야 할지. 욘사마는 수십 종류의 머플러를 선보였다.

며칠 지나지 않아 서른여섯 살의 어느 부인이 병문안을 와서 〈겨울연가〉 시리즈의 가을 편인 〈가을동화〉 전체 DVD를 주고 갔다.

아, DVD라는 건 구입하는 물건이었나. 이렇게 비싼 걸 받아도 되는 건가.

이 드라마도 삼각관계다. 있을 수 없는 설정이다. 갓난아기가 산부인과에서 서로 바뀌는 장면부터 시작되는 〈가을동화〉는 여주인공이 수난을 당하는 내용이다. 〈겨울연가〉는 욘사마가 엄청난 갑부라는 설정이었지만 〈가을동화〉는 스토커 쪽이 재벌가 자제다. 그 나라는 부자를 좋아한다. 나도 부자가 좋다. 여주인공은 엄청나게 가난하다. 나는 또다시 흠뻑 빠져들었다. 그리고 내 마음은 남주인공의 연적인 갑부 원빈에게로 옮겨 갔다. 깜짝 놀랄 정도로 반듯하게 생긴 미남이다. 원빈은 남자다. 욘사마에게 빠졌을 때 느낀 불안감도 없다. 여주인공은 억지로 끼워 맞춘 설정이 분명한 백혈병에 걸린다. 이번 연적은 치근덕거리지 않는다. 그저 좋아하는 사람의 행복만을 바랄 뿐이다. 그렇게 돈이 많고 잘생기기까지 한데도 말이다. 〈겨울연가〉처럼 여기서도 근친상간 설정이 있다. 〈가을동화〉는 근친상간의 분위기가 흠씬 풍겨서 마음을 졸였지만, 나중에 거짓말처럼 두 주인공은 근친 관계가 아니라는 사실이 밝혀진다. 그 나라는 혹시 근친상간에 대해 특별히 관심을 품고 있거나 근친상간 관련 역사가 있는 것인가? 모두들 집념은 어찌나 강한지. 여주인공의 장례식 날, 집념 강한 연인은 또 버스에 치여서 죽는다. 바보 같다. 죽을 정도로 집념이 강한 것이다. 바보 같다고 생각하면서도, 나는 두 번이나 돌려 본 다음 원빈이 나오는 다른 DVD를 찾아 나섰다. 그 드라마는 바보 같은 정도를 뛰어넘어 나중에는 원빈이 나오지도 않았다. 뭐야 이건. 그리고 나는 DVD 가게에 가서 영화 〈태극기 휘날리며〉를 샀다. 한국전쟁 때 일어난 가난한 형제의 비극을 그린 영화였다. 거의 다 전투 장면이었다. 멋진 영화였다. 일본 영화와 수준이 다르다. 그러나 이 영화에 나오는 형도 동생에 대해 광기에 가까운 애정을 지녔다. 전쟁터 한복판에서 오로지 동생만 생각하며 미친 듯이 무공을 세운다. 동생을 집으로 돌려보내기 위해서다. 동생이 한국군에게 살해당했다고 생각한 형은 북한군이 되어 복수의 화신으로 변한다. 미남 원빈은 동생인데, 전쟁 영화라서 미남인데도 언제나 얼굴을 새까맣게 칠하고 나온다. 〈친구〉 〈실미도〉 〈엽기적인 그녀〉 〈봄 여름 가을 겨울 그리고 봄〉 등의 영화도 보았다. 훌륭하다. 그 나라는 어쩌면 이다지도 정이 두터울까. 그들은 사랑을 믿는다. 일본인은 사랑을 믿으면 촌스럽다고 한다. 영화도 소설도 부유하는 인물뿐이다. 순애보를 비웃는다.

나라에 사는 여동생에게 전화를 걸었다. 아무래도 우리 가족은 유행에 쉽게 휩쓸리는 편인지, 여동생도 한국 드라마를 줄줄 꿰고 있었다.

"보내줘, 보내줘." 나는 애원했다. "지금 마마코 집에 있어." 마마코는 막냇동생이다.

마마코는 비 오는 날에 종이봉투 두 개를 손에 들고 와주었다. 나는 쌀쌀맞게도 "그럼 다음에 보자" 하고 손을 흔들고는 〈호텔리어〉 DVD를 플레이어에 쑤셔 넣었다. 나라의 여동생은 돈이 많구나, 〈호텔리어〉도 사다니.

내 마음은 또다시 갈대처럼 흔들렸다.

이 드라마에서 욘사마는 냉혹한 인수 합병 전문가로 나오는데, 미국에 있다가 한국으로 돌아온다는 설정이다. 드라마의 무대인 호텔을 합병하기 위해서다. 호텔의 여지배인이 여주인공이며 또다시 삼각관계다. 원래 총지배인은 여주인공과 연인 사이였지만 중년의 부자 여손님과의 스캔들에 휘말려 회사에서 잘리고 라스베이거스에서 접시 닦이를 하는 히피족이 되었다. 그 나라는 미국을 좋아한다. 정말로 좋아한다. 툭하면 미국으로 유학을 가고, 미국으로 사라지고, 미국에서 돌아온다. 실수로라도 일본으론 유학 오지 않는다. 적어도 드라마에서는 그렇다.

어째서 그 나라는 미국을 그처럼 좋아하는 것일까. 고바야시 총리도 미국에는 꼬리를 치지만 왠지 일본이 미국을 좋아하는 것과는 느낌이 약간 다르다.

호텔을 지키기 위해 돌아온 유능한 총지배인은 호텔을 인수 합병하려는 욘사마와 연인을 두고 싸움을 시작한다. 드라마가 끝난 다음에도 왠지 둘의 대결이 계속되는 느낌이다. 나는 이번에는 총지배인에게 반해버렸다. 놀라운 통솔력으로 쓰러져가는 호텔을 지키는 그는 연인에 대한 사랑을 줄곧 억누르는데, 그런 점 또한 집념이다. 조용한 집념이라고나 할까. 그 나라에서는 모든 사람이 집념을 품고 있는 걸까?

몇십 년 전에 지인인 한국 남자가 이런 말을 했다. "나는 한국 여자랑은 연애 안 해요. 한 번 자면 세상 끝까지 쫓아오니까요." 하지만 그 역시 집념의 사나이였다. 첫사랑 여자에 대한 미련을 17년이나 가슴에 품고 있었다. "내가 카사노바가 된건(보통 자기 입으로는 이런 말 못 하지 않나?) 그녀에게 복수하기 위해서입니다." 그러고는 뻔뻔스럽게도 이렇게 말하는 것이다. "유럽 여자랑 연애하고, 한국 여자랑 결혼할 겁니다." 한국의 아내는 정조가 곧다고 한다. 그리고 그는 그 말을 실현했다.

그를 알고 지낸 지도 거의 마흔 해 가까이 되어간다. 그는 처음 만난 순간부터 일본에 대한 증오를 나에게 퍼부었다. 정신 차리고 보니 나는 무릎을 꿇고 눈물을 흘리며 사과하고 있었다. "일본인은 몰라도 너무 몰라요. 일본인은 모두 저에게 울면서 사과를 하지요."

나는 전후 일본의 교육을 받은 사람이다. 일본교직원조합의 선생님들한테 일본은 악독하고 잔인한 나라라고 배웠으며, 애국심은 곧 군국주의라고 세뇌당해왔다. 일장기도 기미가요도 사랑해서는 안 된다고들 했다. 그런데도 졸업식 때는 일장기 아래서 기미가요를 불렀다.

언젠가 그와 길을 걷다가 "까마귀야 왜 우느냐……" 하며 일본 동요를 흥얼거리자 그가 격분했다. "정말로 무신경하군요. 내가 어릴 때 어떤 기분으로 일본 노래를 억지로 불러야 했는지 알아요?" 나는 어안이 벙벙해서 고개를 푹 숙일 수밖에 없었다. 어려운 문제다.

몇 년에 한 번은 그와 만날 일이 있었다.

어느 무더운 여름날, 그는 자리에 앉자마자 말했다.

"일본의 이 무더위는 대체 뭐람. 끈적끈적 정말로 짜증 나는군." 그는 이마에 흐르는 땀을 닦고는 "비행기에서 내리자마자 목덜미를 따라 기분 나쁜 무더위가 느껴지더군요. 이 무더위가 목덜미를 타고서 목을 축축하게 움켜쥐는 것이 일제가 한국에 침략한 것과 꼭 같습니다"라면서 이번에는 목을 닦았다. 내가 일본의 기후까지 책임져야 하는 건가. 나더러 어쩌라는 말인가. 그러나 일본은 극악무도한 나라다.

나는 말했다. "가을이나 봄에 왔으면 좋았을 텐데. 미안해요." 나는 일평생 이 무더위와 함께 살아왔다. 선선한 여름 바람 따윈 모르는 채로 죽을 것이다. 무엇이 미안하다는 건가.

두세 해 전에 그가 또 일본에 왔다. 앉자마자 다시 연설을 시작했다. "이 일본의……." 그때 나는 화가 머리 꼭대기까지 부글부글 끓어올랐다. 서른여섯 해가 지났다. 아, 그렇단 말이지. 나도 서른여섯 해 동안 당신의 압제를 견뎠다고. 이제 끝이다. 평생 원망하시지, 분이 풀릴 때까지 원망하시지. 원망해 봤자 대체 무슨 이득이 있는가. 일본 제국도 모르는 채 자란 나에게 과거 이 나라의 극악무도함을 혼자서 짊어지라는 것인가.

대체 어쩌란 말인가. 이제 두 번 다시는 당신을 만나고 싶지 않다. 나는 나름대로 단 하나밖에 없는 한국인 친구인 당신을 소중히 여겨왔다. 서른여섯 해 동안 당신에게 최선을 다해 성의를 베풀었다. 하지만 이제 나로서는 도저히 역부족이다. 일본인인 나를 보면 한마디 안 하고는 못 배기나 보지. 나도 살날이 얼마 안 남았다고. 미래 같은 건 없단 말이다. 하지만 그래서 더더욱, 조금이나마 당신네 나라와 사소한 정이라도 쌓고 싶은 게 아닌가.

웃으면서 친근함을 담아 작별 인사를 건넸다. 이제 두 번 다시는 안 만날 테다. 이로써 절교다. 다시 한 번 웃으며 손을 흔들고 이별했다.

드라마 이야기를 계속하자면, 냉혹한 욘사마는 사랑하는 연인을 위해 전 재산과 커리어를 버리고 덜컥 무일푼이 되어 연인을 얼싸안는다.

집념의 총지배인은 역시 스토커처럼 기둥 뒤에 숨어서 그 모습을 지켜보다 자리를 뜬다. 하지만 떠났다 하더라도 그의 뒷모습에서는 집념이 사라지지 않는다. 이번엔 총지배인이 마음에 들었다. 일본에서 10년간 유학한 서울 출신 여자아이에게 물어보자, 총지배인 역을 맡은 그 배우는 불륜 스캔들로 곤욕을 치렀다고 한다.

남자의 생식기쯤은 마음대로 쓰도록 내버려뒀으면 좋겠다.

나는 비틀거리며 비디오 대여점에 들어가서 망설임 없이 김승우의 〈신귀공자〉라는, 제목도 수상쩍은 DVD 전편을 샀다.

난간에 매달리다시피 하면서 2층으로 기어 올라가 침대에 쓰러진 다음 수상쩍은 DVD에 빠져들었다.

〈호텔리어〉의 침착하고 유능한 호텔 총지배인은, 이번에는 쾌활하고 성격 좋은 가난뱅이 젊은이가 되었다. 눈부시게 빛나는 가난뱅이 청년은 매일매일 활기차게 생수를 배달한다. 남자판 신데렐라 스토리로, '현대 그룹' 같은 재벌가 회장 따님과의 사랑 이야기였다. 추잉 껌이 된 채 나는 또다시 절절한 행복에 빠졌다. 지금의 나를, 예순여섯의 나를 이렇게나 행복하게 만드는 한국 드라마는 대체 무엇인가. 한국 드라마를 모른 채, 이 행복을 모른 채 죽었다면 나의 일생은, 아아, 그건 아마도 손해 본 일생이었으리라. 진심으로 고맙다.

이런 나라도 이번 생에서 행복했던 순간은 몇 번쯤 있었다. 하지만 지금 느끼는 행복과는 근본적으로 어딘가 다르다.

한국 드라마가 꾸며낸 이야기라서 그런 것일까. 하지만 그렇게 따지면 영화도 전부 만들어낸 이야기다. 재미있고 훌륭한 웰메이드 영화도 산더미처럼 보았다. 보고 울었던 영화도 셀 수 없이 많다. 보면 가슴이 따뜻해지고 마음이 치유되는 영화도 있었다.

그러나 한국 드라마는 근본적으로 어딘가 다르다. 이 행복은 대체 무엇이란 말인가.

　스토리도 대부분 억지로 짜 맞춰서 개연성이 없다. 보고 있으면 헛웃음이 나온다. 그런데도 행복하다. 엄청나게 행복하다. 잘난 사람들은 모두 이 현상을 분석하려 들지만 나는 그러지 않는다. 좋아하는 데 이유 따위 없다. 그저 좋은 것이다.

괜찮을까, 돈도 드는데

2005년 여름 X월 X일

땀에 젖어 눈을 떴다. 눈을 떴는데도 실제로 깨어난 느낌이 들지 않았다. 정신은 온통 꿈속을 헤매었고, 방금 본 꿈으로 머릿속이 가득 찼다. 나는 서둘러 커튼을 쳐다보기도 하고 이불을 양손으로 만져보기도 했지만, 가슴은 조마조마하고 머리는 아직도 꿈속 그대로였다. 치매에 걸리는 꿈을 꿨다. 기나긴 꿈이었다.

꿈속에서 나는 치매의 기운을 감지하고는 황급하게 전화를 걸어 그 사실을 알리려 했다. 그런데 전화기를 든 순간 누구에게 알리려던 것인지 까먹었다. 그래도 다이얼을 돌리려 했지만 손가락이 미끄러졌다. 어째서인지 옛날 전화기였다. 나는 누구에게 전화를 거는지도 모르는 채 필사적으로 다이얼을 돌리려 했지만, 손가락은 계속 미끄러졌다. 그러던 중에 전화기는 흰 군복 얼룩무늬처럼 변해서 윤곽을 알 수 없게 되었다.

다음 순간 눈에 보이는 모든 것이 새하얀 얼룩무늬로 변했고, 얼룩무늬와 뇌가 퍽 하고 터져서 사방으로 흩날렸다. 산산이 흩어진 내 뇌로 세계는 새하얀 얼룩투성이가 되었다.

몸도 머리도 산산이 흩어져서, 오로지 하얀 얼룩무늬만이 우글우글 움직이고 있었다.

꿈속에서 '아, 엄마도 지금 이런 상태겠구나, 내가 그걸 몰랐네'라는 생각이 들었다. 엄마의 상태를 알고 보니 내가 엄마만큼이나 노망이 든 것 같았다. 불안과 공포를 뛰어넘은 기분이었다. 이런 상태가 존재한다는 걸 아무도 모른다는 사실을 깨달았다. 눈을 떴는데도 나는 치매 걸린 꿈에서 헤어나지 못했다. 힘겹게 몸을 일으켜 끙끙대며 아래층 방으로 가 앉았다. 아직 꿈에서 덜 깬 머리로 책상을 어루만지거나 무릎을 문질러보았지만, 제정신이 돌아왔다는 느낌은 안 들었다.

한 시간 정도 멍하니 있었다.

정신을 차리려고 한국 드라마 〈올인〉을 두 번째로 보기 시작했다. 보는 와중에 '너는 이병헌과 엄마 중 어느 쪽이 소중하냐?'라는 마음의 소리가 몇 번이나 들렸다. 나는 이병헌에게 찰싹 달라붙어 떨어지기 힘들었지만, 역시 엄마한테 가기로 결심했다. 결심에는 강한 의지와 행동력이 필요하다. 한국 드라마는 마음만 있으면 되는데.

요양원으로 가는 차 안에서 엄마가 불쌍하다는 생각과 가야만 한다는 의무감, 아침에 꾼 꿈으로 마음이 불안해졌다.

나는 한국 드라마에 재산을 탕진했다. 남들 눈에는 경솔해 보일지라도 사실 소심한 나는 무언가에 재산을 탕진한 적이 없었다.

명품에 미친 적도 없고 맛집을 찾아다닌 적도 없다. 여행도 귀찮아했고 남자 뒤꽁무니를 쫓아다니지도 않았다. 영화도 비디오 대여점에서 빌려 봤다. 하지만 〈겨울연가〉DVD를 손에 넣은 이후로 욘사마가 우리 집에 있다는 안도감을 알게 되었고, 그때부터 DVD를 박스째 사들이기 시작했다. DVD는 결코 싸지 않다. 차곡차곡 장식장에 늘어놓고는, DVD 가게 아르바이트생이 내 얼굴을 기억하면 어쩌나 조마조마했다. 하지만 무엇을 어쩐단 말인가. 그저 한류 팬 할머니로 보이는 게 싫은 것인가. 사실이 그러면서도.

내 주변에는 오페라나 노能가면을 쓰고 연기하는 일본 전통 가무극, 이와나미주로 사회교육이나 과학 분야의 단편 및 다큐멘터리를 만들었던 영화 제작소 영화를 보러 가는 여자들밖에 없다. 누군가와 한류를 주제로 수다 떨고 싶지만 하하하, 하고 비웃음만 당할 뿐. 고독하지만 행복했다. 그런데 작년에 정년퇴직한 가까운 편집자가, 성실하고 엄격하며 교양 있고 까다로운 그 여성이 한국 드라마에 푹 빠졌다. 기적이었다. 일단 빠져들자 그녀는 나보다 훨씬 더 솔직하고 저돌적이었다. 매일매일 전화로 수다를 떨며 흥분했다.

그녀는 욘사마의 뒷모습을 좋아했다. 나는 이병헌이 입을 벌릴 때 왼쪽 입꼬리가 살짝 말려 올라가는 순간이 좋았다.

어느 날 전 세계를 제집 드나들듯 하는 중국인 탕탕 씨가 한국에 놀러 가자고 했다. 〈겨울연가〉의 눈 내리는 가로수 길이 있는 섬 주인과 친구라는 말을 듣고서야 비로소 그곳이 섬이며 개인이 소유하고 있다는 사실을 알고 깜짝 놀랐다. 교양 있는 친구 야야코 씨는 말을 꺼내기가 무섭게 "갈래, 갈래!" 하고 찬성했다.

욘사마는 촬영 중 그 섬에 있는 호텔 방을 사용했다고 한다.

나는 서울에 두 번 정도 갔지만, 그때는 기분이 무거웠고 내가 일본인이라는 사실만으로도 좌불안석이었다. 연배가 있는 사람이 일본어로 웃으며 말을 걸면 화들짝 놀라면서 죄송합니다, 일본어를 할 줄 아시는 건 일제 탓이지요, 죄송합니다, 하는 기분이 들어 천연덕스럽게 관광 따위를 해서는 안 된다고 생각했다. 서울은 건설 붐이 한창이었고 먼지로 뒤덮인 거리는 황량했다. 30년 전이었다. 딱 하나 있는 한국인 친구는 명문 양반가의 인텔리로 걸음걸이에서도 대인배의 풍모가 엿보였다. 발을 뗄 때면 증기기관차가 서서히 출발하는 듯했다. 그리고 이렇게 말하는 것이다. "한국은 점점 안 좋게 변해갑니

다. 일본의 나쁜 부분만 들여오는군요.” “일본도 마찬가지인걸
요. 젊은이들은 미국인이 되고 싶어 안달이랍니다.” 상대는 지
기 싫었는지 아니면 마조히스트였는지, “일본은 미국만 보면
됩니다. 하지만 한국은 일본과 미국 양쪽을 봐야 해요”라고 대
꾸했다. 해외 커뮤니케이션의 기초는 언어라면서 정확한 일본
어를 구사했다. 5개 국어를 할 줄 아는 사람이었다. “그거 압
니까? ‘구다라나이くだらない하찮다. 시시하다라는 뜻. '구다라'는 '백제'의 일본
어 발음. '나이'는 없다는 뜻이다’는 ‘백제くだら에 없는ない 것’이라는 뜻입
니다.” 아아, 그랬구나. 나는 구쓰로구寛く라는 단어를 그때까
지 쓰쿠로구つくろぐ라고 발음하는 줄 알았는데 그가 정정해주
었다. “구쓰로구くつろぐ입니다. 신발くつ을 벗는다는 의미로, 편
히 쉰다는 뜻이지요.” 아, 그렇구나.

　일본으로 돌아온 다음 학자들이 쓴 책을 사 와서 펼쳤더니
“당신은 한국인 다섯 명의 이름을 댈 수 있습니까?”라고 적혀
있었다. 나는 안중근과 이승만밖에 몰랐다. 영국인이든 프랑
스인이든 줄줄 댈 정도까지는 아니라도 더듬더듬 이름을 말할
수는 있다. 미국의 남북전쟁이라면 꽤 자세히 안다. 정말로 일
본은 까치발을 하고서 서양만 배우려 한다. 나는 외국에 가면
이따금씩 나쓰메 소세키가 된 듯한 기분이 든다. 다들 일본인
이라고 하면 나쓰메 소세키의 이름을 대기 때문이다. 아아, 소
세키가 죽은 지 100년이나 지났어도 일본 하면 나쓰메 소세키

인가. 소세키를 모르는 젊은이들이 들으면 어떤 기분이 들까.

파리에 처음 갔을 때는 파리가 총천연색이라서 깜짝 놀랐다. 프랑스 영화만 잔뜩 본 나는 흑백 파리의 색깔 없는 비가 돌계단을 적셔서 가장자리만이 날카롭게 빛나는 풍경이 근사하다고 생각했다. 총천연색 파리는 정취가 없었다. 그렇다. 벌써 사반세기 전이다. 미국은 처음부터 총천연색이었다. 영화 〈바람과 함께 사라지다〉를 보았기 때문이다. 미국 군인의 얼굴빛이 옅은 복숭아색이라서 징그러웠다.

나는 이웃 나라가 무서워서 모처럼 시작한 공부에 집중할 수가 없었다. 그 뒤로 이웃 나라는 잊고 지냈다. 이웃 나라가 텔레비전에 나올 때는 교과서 문제니 야스쿠니신사니 사죄니 차별이니 하는 일들로 머리를 들 수 없었다. 서울에도 가봤으면서, 욘사마가 나타날 때까지 이웃 나라는 내게 색깔이 없었다. 흑백이라는 색조차 없었다. 생각하면 오로지 마음이 무겁고 좌불안석이었다. 이웃 나라는 두꺼운 솔로 빈틈없이 먹칠한 색깔이었다.

그 섬은 남이섬이라고 했다. 강 한복판의 작은 섬에는 벚꽃이 활짝 피어 있었다. 드라마에 나온 눈 내리는 가로수 길은 새싹으로 반짝였다. 나는 벚나무가 일본에만 있는 식물인 줄 알았다. 일본의 벚나무 외에 아는 것이라고는 일본에서 가져가 지금은 아름드리나무가 된 워싱턴의 벚나무뿐이었다. 한국에서 벚나무를 본 순간 흠칫 놀랐다. 일본을 싫어하는 한국이기에 당연히 벚나무도 싫어할 줄 알았기 때문이다. 그러나 곧 '이웃 나라니까 여기서도 나는 게 당연하잖아'라는 생각이 들었고, 그제야 마음이 놓였다.

이번 여행 때는 하네다 공항에서부터 야야코 씨와 야단법석을 떨었다. 그래, 여행이란 설레는 마음으로 가는 거였지.

남이섬에 갔더니 섬 전체가 일본 아줌마들로 득시글거렸다. 남이섬 주인인 대부호도 꽤나 장사꾼 기질이 있는지, 여기가 〈겨울연가〉 모 장면의 촬영 장소라거나 저기가 눈사람 키스 장면을 찍은 테이블이라는 사실을 일본 아줌마들이 알 수 있게끔 만들어 놓았다.

다음 날 선착장에 야야코 씨와 함께 있는데 일본 아줌마들이 다가오더니 "저기, 투어로 오셨어요?"라고 물었다. 그때 인텔리 야야코 씨의 반응이란 "아뇨, 아닌데요". 아줌마와 똑같이 취급하지 말라고, 흥, 하는 속마음이 빤히 들여다보여서 웃음이 터졌지만 내심 같은 생각을 하고 있었다. 이래 봬도 우리는 섬 주인의 친구의 친구라고. 게다가 욘사마가 쓴 방에 묵는 중이라고.

그 아줌마는 어제 정원이 2천 명인 투어로 왔다고 한다. 도쿄는 자리가 없어서 나고야까지 가서야 겨우 올 수 있었다며,

자기 입으로 "대단하죠?"라고 말했다.

"몇 번을 와도 멋져요." "몇 번쨌데요?" "저는 아직 두 번째 예요."

나는 일본 아줌마들에게 진심으로 감사하고 싶다. 선전에 휘둘린 것도 아니고 잘난 평론가들의 꼬임에 넘어간 것도 아니다. 아줌마들은 스스로 한국 드라마를 발견했고, 땅속 미그마처럼 쓰나미처럼 우르르 몰려들어 한류를 띄웠다. 그러고는 창피고 체면이고 아랑곳하지 않고 흠뻑 빠져서 일본을 바꾸어 놓았다. 외교관도 훌륭한 학자도 예술가도 못한 일을 아줌마들이 해냈다. 나도 그 물결에 뒤늦게 올라타 재산을 탕진하고 있다.

한국 드라마는 나를 좌불안석에서 해방시켰을 뿐만 아니라 행복하게도 해주었다. 나는 지난 1년 동안 완전히 의존증 환자였다. 같은 드라마를 몇 번이고 다시 보았다. 보는 데는 시간이 들지만 보지 않고서는 못 배긴다.

이래도 괜찮은 걸까. 돈도 드는데.

아줌마들은 외롭다. 할 일이 없다. 인생은 이제 내리막길이다. 집에는 꾀죄죄한 아저씨가 늘어져 있다. 어중간한 애정으로 또는 부모가 권한 맞선을 보고 결혼해서 미처 타오르지 못한 꿈을 뒤늦게 깨달은 것이다. 열렬히 사랑해서 결혼에 골인했더라도 뜨거움은 오래가지 못한다. 이제는 남편과 자기도 싫고, 섹스라면 지긋지긋하다. 남편뿐 아니라 그 누구와도 자기 싫은 것이다. 설령 잔다 하더라도 앞으로의 전개를 꿰뚫어볼 정도의 지혜는 충분히 지녔다. 몸이라면 더 이상 안 써도 괜찮다. 귀찮고 성가시다. 하지만 사랑은 받고 싶다. 애정으로 한가득 채워지고 싶다. 그것도 두 사람에게 죽도록 사랑받는다면 어떤 기분이 들까? 드라마가 이루어지려면 한 사람이 아니라 두 사람이 필요하다. 대부분의 드라마에는 섹스 장면이 없다. 키스조차 드물다. 얼굴을 맞대고 껴안는 정도가 딱 좋다. 한국 드라마의 남자는 일본 남자라면 부끄러워할 만한 일을 태연하고 당당하게 해치운다. 장미꽃으로 하트를 그리고, 사고로 혼수상태에 빠져서도 이름을 부르며, 눈이 먼 여자를 위해 목숨을 끊어 자신의 각막을 이식한다. 문득 제정신으로 돌아와 그런 게 바보 같다고 여기는 건 이성이다. 이성은 모순을 허락하지 않지만 감성은 모순의 마그마다. 무엇이든 들어오라. 어서 들어오라.

드라마를 보는 아줌마는 여자에서 갑자기 엄마가 되기도 한다. 일본 아줌마들은 자식의 결혼이나 연애에 참견하지 못한다. 딸이 데리고 온 남자가 쓸 만한지 아닌지 한눈에 알아보지만, 그렇다 한들 피 끓는 청춘에게 무슨 말을 할 수 있겠는가. 나도 두 번이나 결혼에 실패했다. 하지만 한국 부모들은 강하다. 자식들은 부모가 반대하면 절대로 결혼하지 못한다.

한국 부모의 강압적이고 이기적이며 타산적인 태도는 정말로 극성맞다. 일본 아줌마들이 한번쯤 해보고 싶어 하는 행동을 한국 아줌마들이 대신 해준다. 한국의 아버지들도 절대적이다. 자식들이 부모에게 인사할 때는 납죽 엎드려 허리를 두 번 세 번씩 굽힌다. 부모가 사라지면 젊은이는 또다시 사랑 놀음에 빠져서 눈물을 흘린다. 모드 전환이 자유자재다.

스토리 전개는 문제되지 않는다. 오로지 정밖에 없다. 연인 사이의 깊은 사랑, 가족 간의 두터운 애정, 친구들끼리의 희생정신, 정이란 정을 있는 대로 다 쓴다.

한국인의 눈에는 무표정한 얼굴에 거짓 웃음을 짓는 일본인이 기분 나쁘게 보이겠지.

아줌마들은 자신과 가족만을 위해 살아와서 사회성과 객관성이 거의 없다. 사회성과 객관성으로는 가족을 지키지 못한다. 푸른 눈에 복숭앗빛 피부를 한 서양인도 아니고 일본인도 아닌, 거의 비슷한 얼굴을 가진 이웃의 한국인은 가족을 지켜낸다. 그 늪에 푹 빠져버린 나는 지금 남이섬에 있다.

3일째는 속초에 들렀다가 판문점으로 갔다. 그리스라면 몰라도 한국의 바다는 한 번도 상상해본 적이 없다. 한국도 육지가 거의 바다로 둘러싸여 있다. 한국의 바다는 무척이나 아름다웠다. 삼팔선에 가까워질수록 바다는 푸르렀고 온통 철조망이 둘러쳐져 있었다. 판문점은 영화 〈공동경비구역 JSA〉

에 나온 모습 그대로였다. 그 영화는 예산을 아낄 수 있었을 것이다.

민족 분단은 무섭다. 일본인은 모르겠지. 야야코 씨와 나는 말이 없어졌다.

한국인 친구는 말했다. 삼팔선은 공산주의로부터 일본을 지켜주고 있다고. 게다가 일본은 한국전쟁으로 크게 한몫 보기까지 했다.

"한국은 한 번도 다른 나라를 침략한 적이 없습니다." 그도 그럴 것이, 한국인의 정은 내부를 향해 있고 애증도 그 안에서 소비되니까 외부로 나갈 여력이 없는 것이다. 북한도 남한도, 한 민족의 애증이 내부에서 부딪히는 거겠지. 한국인이 들으면 큰일 날 생각이 머릿속을 스쳤다.

양반가의 묘지 때문에 종가끼리 300년이나 싸우는 곳도 있다고 한다.

나는 아줌마다. 아줌마는 자각이 없다. 미처 다 쓰지 못한 감정이 있던 자리가 어느새 메말라버렸다는 사실도 눈치채지 못했다. 한국 드라마를 보고서야 그 빈자리에 감정이 콸콸 쏟아져 들어왔다. 한국 드라마를 몰랐다면 그 사실을 깨닫지 못하고 죽었을 것이다. 인생이 다 그런 거라고 중얼거리면서. 하지만 브라운관 속 새빨간 거짓말에 이렇게 마음이 충족될 줄 몰랐다. 속아도 남는 장사다.

나와 야야코 씨는 새빨갛고 매운 한국 요리를 잔뜩 먹고 돌아왔다. 돌아오자 빨간 변이 나왔다.

엄마는 쿨쿨 자고 있었다. 토마토를 잘라 설탕을 뿌려서 들고 갔다. 엄마는 단맛만 구분한다.

엄마를 의자에 앉히고 토마토를 먹였다.

"맛있어?" "맛없진 않네." 나는 그만 큰 소리로 웃고 말았다. 엄마도 따라 웃었다.

엄마를 재우고 나도 곁에서 잠들었다.

나는 항상 엄마 곁에서 잔다. 언제나 차가운 손을 문질러준다. 통통했던 엄마는 지금은 뼈와 가죽밖에 안 남았다. 사람이 이렇게 변할 수도 있구나. 내가 하도 이불 속으로 기어들어가니 엄마는 도우미한테도 들어오라고 권한다. "여기서 자려무나."

나는 아침에 꾼 꿈을 떠올렸다.

전쟁이 끝났을 때 엄마는 30대였고 다섯 명의 자식이 있었다. 자식을 다섯이나 두다니 훌륭한 아줌마다. 전쟁이 끝나고 2년간 우리를 먹여 살린 사람은 엄마였다. 엄마는 가재도구를 팔러 암시장에 나갔다. 러시아인과 중국인을 상대로 "보세요, 싸요!" 하고 외친다고 했다. 엄마가 암시장에 나가면 아버지는 벽난로에 기대어 콧물을 흘리면서 자식들에게 안데르센이나 그림 형제 동화를 읽어주었다. 아버지는 종전으로 무기력해졌다. 암시장에서 돌아온 엄마는 언제나 기운이 넘쳤고, 거기서 번 돈으로 산 수수며 콩깻묵을 보자기에서 꺼내면서 얼마나 장사를 잘했는지 자랑했다. 엄마는 일평생 중 그때가 가장 생기발랄했다.

트럭을 탄 중국인이 우리 집을 털러 온 적도 있다. 나와 남동생이 잠든 방 창문으로 훌쩍 들어왔다. 여름이어서 모기장을 쳤다. 아버지가 모기장 밖으로 나가려 하자 권총을 든 중국인이 중국어로 "나가면 죽인다"고 했다. 아버지는 얌전히 모기장 안에 있었다. 중국어를 몰랐던 엄마는 그 틈을 타 반대편으로 몰래 빠져나갔고, 부엌에서 프라이팬과 냄비 뚜껑을 챙겨 들고 다른 방 창가로 가서 두들기며 "도둑이야! 도둑이야!" 하고 새된 목소리로 외쳤다. 그 소리에 놀란 도둑은 연두색 식탁보 한 장만 훔쳐 달아났다.

다음 날, 제법 먼 곳에 사는 아줌마까지 상황을 살피러 와서는 "대단하네"라고 칭찬했다. 엄마는 기운이 넘쳤다.

시골에서 일곱째 아들로 태어나 인텔리의 길만 걸어온 아버지는 손재주가 좋았다. 한번은 집에서 넝마를 잘라 샌들을 엮기 시작했다. 자꾸자꾸 만들었다. 열 켤레쯤 완성되자 거리에 나가 늘어놓았다. 그런 다음 나에게 "네가 팔아라" 하며 명령하고는, 본인은 조금 떨어진 곳에서 어정거리며 지켜보았다.

나는 일곱 살 때 이미 아줌마였다.

아버지가 집에 없을 때 중국인이 들어와 전구를 빼앗으려 한 적도 있었다. 엄마는 짧은 중국어로 손짓 발짓을 동원해가며, 자식들을 앞세워서 "남편이 전쟁터에서 죽었고 자식이 다섯이나 있다, 처지가 매우 곤란하다"고 절실히 호소했다. 중국인은 우리를 동정해서 전구를 포기하고 돌아갔다. 5분 뒤에 전쟁터에서 죽은 아버지가 휘적휘적 돌아왔다.

그때도 엄마는 기운이 넘쳤다.

나는 생각한다. 비단 우리 엄마뿐 아니라, 패전 후의 혼란기를 어떻게든 빠져나올 수 있었던 것은 체면 따위 개의치 않는 아줌마 파워 덕분이었다고.

어떤 여자든 여차하면 아줌마로 변한다.

아줌마들은 한국과 일본 사이에 놓인 둑에 구멍을 뚫었고, 상대의 땅에 우르르 몰려갔다.

한국 쪽에서 봐도 교류라고 할 수 있을지는 모르겠지만, 여하튼 처음으로 대중 간의 교류가 쓰나미처럼 일어났다.

하얗고 가지런한 이를 드러내며 미소 짓는, 머플러를 돌돌 만 젊은 남자의 등장 덕분이다. 나타나줘서 고맙다.

엄마는 매일매일 조금씩, 그러나 확실히 사람이 아닌 존재로 변해간다. 엄마는 치매에 걸리고 나서 고와졌다.

신기하게도 기품마저 생겼다.

치매에 걸리기 전 엄마는 난폭하고 거친 데다 기운이 넘쳤다. 그때 나는 엄마의 옹고집 때문에 괴로웠다. 엄마가 사람이 아닌 존재가 되자, 비로소 엄마를 용서했다. 정상일 때 용서했더라면 좋았겠지만 사람 일은 뜻대로 되지 않는다. 왠지 나만 이득을 본 것 같다.

"저기 좀 보렴, 백인이 있단다." "어디?" "저쪽에." 백인 같은 건 없었다.

엄마는 내가 재일 한국인과 친구가 되자 "조센진과 교류하면 안 돼"라고 말했다. 당연하다는 듯한 어조였다.

베이징이랑 다롄에 살던 시절에는 태연자약하게 '짱꼴라'라는 단어를 입에 담았다.

치매에 걸리기 전까지는 쭉 그런 식으로 생각했겠지.

엄마도 아줌마니까. 만약 지금 나이가 쉰이나 예순이라면 가지런한 치열을 드러내고 부드럽게 미소 짓는 욘사마에게 흠뻑 빠졌을 것이다. 엄마, 늦어서 안됐네요.

살아 있는 인간의 생활은 고되다

2005년 가을 X월 X일

A사의 Y씨로부터 걸려온 전화에 눈을 떴다. 마감이 나흘 당겨졌다고 한다. "사노 선생님은 육필 원고라서요." "알겠어요." 나는 흔쾌히 대답했다. 마감이 아직 멀어서 괜찮을 것 같았다.

그러던 중 감기에 걸렸다. 감기니까 당당하게 잤다. 감기가 아닐 때도 나는 지면과 거의 평행한 상태로 지낸다. 그러면서도 게으름뱅이, 게으름뱅이 하며 자책하니 마음이 그다지 편하지도 않다. 나는 근 10년 동안 마음이 편한 적이 없었다. 부엌에 가서 냄비 뚜껑을 열었다. 혼자 사니 시든 채소나 시금치 깨소금 무침을 사흘 연속으로 먹게 된다. 남은 채소를 차례차례 냄비에 넣고 물을 가득 부은 다음 삶아보았다. 토마토를 넣자 그럭저럭 간이 맞았다. 국물만 떴더니 투명한 콩소메 수프 같은 음식이 완성되었다. 간을 봤는데 무척 맛있었다. 양파의 단맛에 오이의 청량한 맛, 피망의 향이 혼연일체를 이루고, 지긋이 음미하다 보면 가지 맛도 옅게 느껴진다. 나는 매일 채소를 물에 집어넣으며 생각한다. '기특하기도 하지……' 내가 채소 맛을 구별할 수 있게 된 건 할머니가 되고부터다. 물을 데우면서 양배추 줄기를 넣었다. 무념무상으로 수프와 토마토를 먹었다. 매일매일 같은 음식을 먹는다. 멍하니 텔레비전을 보던 중 치매 관련 방송이 나왔다. "엄마가 같은 음식만 만들어 먹을 때 처음으로 뭔가 이상하다고 생각했어요." 어이쿠, 깜짝이야.

작년 7월쯤부터 1년 동안 누운 채 한국 드라마를 보았다. 암 때문에 가슴을 잘랐으니까 괜찮다고 되뇌며 항암제의 불쾌함을 한류로 이겨냈다. 고맙고 행복했다. 문득 정신을 차리고 보니 이따금씩 턱이 어긋난 듯 딱딱거리는 소리가 났고, 상태는 점점 심각해졌다. 어느 병원으로 가면 좋을지 몰라서 치과에 갔다. "환자분, 혹시 턱 괴는 버릇 있어요?" 의사의 질문에 깜짝 놀랐다. 나는 턱을 괴는 인생을 살아오지 않았다. "없는데요." "어디 보자, 오랫동안 한 방향으로만 고개를 돌리고 있는 경우는요?" "……." 모든 의혹이 풀렸다. "있는 것 같아요." 같아요? 이 사기꾼아. "그럼 되도록이면 반대쪽을 보세요."

터덜터덜 집으로 돌아왔다. 반대쪽엔 벽밖에 없다고. 쓸쓸하지만 이제 한국 드라마는 그만 보자. 그러고는 문득 깨달았다. 내가 바보가 되었다는 것을. 최근 1년은 책조차 제대로 안 읽었다. 온몸에서 뚝뚝 흘러넘치는 멍청함을 통감했다.

그렇다, 한국 드라마는 머리 쓸 필요 없이 마음만 움직이면 된다. 이따금씩 읽은 책이라고는 한국 관련 서적뿐이다. 덕분에 한국의 역사나 문화에 대해 조금은 알게 되었다. 양반제라는 구제 불능의 제도를 접한 나는 조선인도 아니면서 조선이라는 나라에 절망할 수밖에 없었다. 시바 료타로역사 소설가. 대표작은 『료마가 간다』의 말을 빌리자면, 아니 빌리지 않아도 당연한 일이겠지만 조선과 일본은 고대부터 마구 뒤섞였기 때문에 구별할 수 없을 정도라고 한다.

하지만 나는 일본인이고, 조국 역시 땅이 바다로 잘린 곳에서 끝나는 일본이다. 역사는 지금까지도 길었고 앞으로도 길다. 내가 죽어도 역사는 계속된다.

"한국 드라마를 너무 봐서 턱이 돌아갔다며?" 오로지 나를 놀리기 위해 전화를 건 친구 때문에 기운이 빠졌지만 턱은 일주일 만에 나았다.

감기라서 편하게 드러누워 있다가 정신을 차리고 보니 마감이 코앞이었다. 아, 육필이라서 나만 마감이 빠르다니, 이건 너무하다. 다른 편집자에게 물어보았다. "요즘 육필로 원고 쓰는 사람 많이 없어요?" "많이 없다기보다 전혀 없어요." "그렇군요……." 나는 힘없이 중얼거렸다. 딱히 어떤 신념이 있어서 위드프로세서나 컴퓨터를 안 쓰는 게 아니다. 버튼이 두 개 이상 달린 기계를 다루지 못할 뿐이다. 그러면서 언제나 화를 낸다.

전철 표를 살 때도 갈팡질팡해서 뒷사람이 혀를 끌끌 차곤 한다. 나는 사실 매표소 아저씨한테 직접 표를 사고 싶다. 은행 창구에 가서 척 보기에도 은행원다운 아가씨한테서 돈을 찾고 싶다.

문득 돌아보니 나는 요즘 시대에 완전히 뒤처져 있었다. 확실하게 깨달았다. 내 시대는 끝났다. 그리고 나도 끝났다. 이 시대에서는 더 이상 제구실을 못하는 것이다. 이를 어쩌나. 하지만 내 심장은 아직까지 움직이고, 낡아빠진 몸으로도 생명을 부지하고 있다.

이를 어쩌나. Y씨, 미안해요. 나는 시대에 뒤떨어지고 말았어요. 내다 버리세요.

컴퓨터는 메이지유신보다도 격렬하게 일본을, 아니 전 세계를 뒤바꾸었다. 아, 기분이 언짢다. 나는 달에 가고 싶은 생각이 요만큼도 없다. 그런데 마음속으로는 이 세상이 싫다, 정말로 넌더리가 난다고 외치고 있다. 에도시대였다면 예전에 죽을 수 있었을 텐데. 가마쿠라시대의 평균수명은 스물넷이었다고 한다. 부럽다.

예순넷의 남동생이 휴대전화로 딸과 문자를 주고받고 있었다. 놀랍다. 나도 휴대전화가 있긴 하지만 거의 안 쓴다. 전화를 걸 때는 수첩을 펼치고 번호 열한 자리를 눌러야 하니 번거롭다. 어째서 전화번호를 등록하지 않느냐고? 등록하려면 버튼을 몇 개나 눌러야 하는 듯한데 그런 짓은 못한다. 게다가 사용 설명서의 문장은 외계어다.

무슨 뜻인지 종잡을 수 없는 가타카나로, 모두가 이해할 거라는 듯이 적혀 있다.

국어라면 언제나 수를 받았다. 남동생은 미 정도였는데도 딸과 문자를 주고받는다. 주름이 자글자글한 남동생에게 물어보았다. "워드프로세서 써?" "아, 예전엔 썼는데 지금은 컴퓨터만 써." 말문이 막혔다. "나는 글씨를 못 써서 말이야, 그게 편하더라고." 화가 불끈 치밀었다. "이것 봐, 유미가 신혼여행 가서 문자 보냈어. '나는 결혼해서 집에서 탈출했는데 아빠 불쌍하게 그 여자랑 평생 같이 살아야 되겠네'라고 말이야. 에헤헤헤." 그 여자라는 건 친엄마다. 훌륭한 가족이다. 아름다운 부녀.

"넌 휴대전화 언제부터 가지고 다녔는데?" "유미가 생일 선물로 사 줬어. 언제더라, 제법 오래됐는데." 뭐라고? "올케도 문자 해?" "데루코는 할 줄 아는 게 없어서." 아, 나는 할 줄 아는 게 없는 데루코와 동급이란 말인가.

한국에서는 대개 자식들이 부모에게 휴대전화를 선물한다

고 한다. 나는 내심 예순넷의 남동생이 잘난 척한다고 생각했다. 질투였다.

쓰지도 않는 휴대전화가 고장 났다. 팸플릿을 보며 배우고 바야시 게이주가 선전하는 노인용 휴대전화를 찾던 중에 아들이 참견했다. "그건 회사가 달라." "그럼 어떻게 해?" "그거 쓰고 싶으면 번호를 바꿔야 돼." 그런 귀찮은 일을 내가 할까 보냐. 포기했다.

"내가 사 줄게." 아들이 말했다. 꼭 꿈만 같아서 "정말?" 하고 되묻는 목소리까지 상기되었다. 사 준다면 뭐든 좋다. 정사각형의 새빨간 신제품을 손에 넣었다. 뛸 듯 기뻤다. 나는 예순넷의 남동생에게 도전하고 싶었다. "문자 쓰는 법 알려줘." 아들은 주소록을 만든 후 말했다. "여길 누른 다음, 이걸 누르면 돼." 나는 문자만 필사적으로 외웠다. 손이 땀으로 흥건했다. "이거 사진도 찍을 수 있어." "그런 건 필요 없어." "벨소리도 좋아하는 노래로 설정할 수 있는데. 〈겨울연가〉로 할까?" "그런 건 필요 없어." "라디오도 들을 수 있다고." "그런 건 필요 없어. 미안한데 익숙해질 때까지 너한테 연습 삼아 보낼게." 히라가나로만 쓴, 마침표도 없는 문장 네 줄을 만드는 데 30분이나 걸렸고 손이 땀으로 흠뻑 젖었다. 아들에게 전송하고 곧바로 전화를 걸었다. "문자 갔어?" "응, 좀 덜떨어진 사람이 쓴 것 같은 문자가 왔어." 손을 땀으로 적셔가며 몇십 번이나 연습한 끝에 조금씩 익숙해졌지만, 역시 귀찮긴 귀찮았다. 게다가 글자 수도 맞춰야 하니 하이쿠3구 17음으로 이루어진 단시 같기도 하고 포스터 문구 같기도 한 문장이 나온다.

한 가지 깨달은 점이 있다. 문자는 글자만 보내니까 발신할 때의 배경이나 발신자의 실체가 몽땅 사라져버린다. 전화의 경우, "여보세요"라는 말만으로도 상대방의 기분과 상황을 파악할 수 있다. 아들이 저기압이면 정말로 목소리가 듣기 싫다. 그럴 때는 말투가 점점 시비조로 변하고, 결국은 진짜로 싸우면서 전화기를 철컥 내동댕이치고는 하루 종일 불쾌한 기분에 시달린다.

휴대전화에는 분위기의 커뮤니케이션이 없다. 실체가 없기 때문이다. 단지 빨갛고 네모난 기계만이 존재할 뿐.

이를테면 아들에게 "마이클 잭슨 무죄"라고 보내면, "애들한테 장난쳐도 돼. 마이클 잭슨인걸. 미쓰오『인간인걸』을 패러디한 것"라는 답장이 온다. 여기서 말하는 미쓰오는 시인 아이다 미쓰오다. 애당초 진짜 인간이 눈앞에 있다면 이런 대화는 나누지 않을 것이다.

나는 문자를 통해 실체 없는 인간과 나누는 대화의 가벼움과 편안함을 깨달았다.

훌륭한 가족에게서 도망친 조카딸은 문자여서 그런 말을 할 수 있었을지도 모른다.

나는 내 사랑스러운 침대로부터 거의 50미터 반경 안에서 생활한다. 그래도 아무런 불편함이 없다. 도시는 참으로 편리하다고만 생각했다. 그러던 중, 두 달 전쯤 친구를 따라 롯폰기 힐스라는 곳에 처음 가보았다. 높은 데서 빙빙 돌며 저녁놀지는 도쿄를 내려다보았다. 마치 SF 영화 속 세상에 있는 것만 같았다.

딱지처럼 빼곡하게, 건물들이 한없이 펼쳐져 있었다.

청년 호리에 겐이치해양 모험가. 23세에 소형 요트로 니시노미야에서 샌프란시스코까지 단독 항해했다도 혼자서 태평양을 항해할 때 파도가 끝없이 몰아치는 바다 한가운데서 이런 기분을 느꼈을까 싶었다. 해 질 녘의 도쿄는 깜빡깜빡 점멸하는 불빛이 아름다웠다. 청회색의 초저녁 하늘 아래로 끝없이 펼쳐진 도쿄는 애수에 차있었고, 그 광경을 보고 있노라니 가슴속에서 무언가가 복받치는 듯했다.

딱지처럼 지구에 들러붙은 저것이 인간의 생활일까. 꼭 SF 영화 속 하늘에서 내려다본 도시의 부감도 같아서, 내게는 인간의 생활이 도무지 현실로 다가오지 않을 만큼 도시는 거대했다.

대도시에 들러붙은 딱지 같은 저것은 지구의 암이다. 섬뜩하게 증식하는 암세포. 도쿄뿐만이 아니라 홍콩도 샌프란시스코도 런던도 카사블랑카도 마찬가지다. 대도시는 지구에

흩뿌려진 암이다. 나 또한 지구를 망치는 암세포의 일종이다. 암세포 중에서도 나는 암환자며, 이윽고 몸 어딘가에서 암이 재발해 죽게 될 운명이다.

제아무리 인간이 "모두 함께 살아요"라고 똑똑한 척해봤자, 지구가 맹렬하게 증식하는 암과 영원히 공존할 수 있을까.

중국, 인도, 아프리카처럼 거대한 나라들도 온 힘을 다해 새로운 암을 증식시키고 있다. 인류는 그런 일을 하도록 프로그램 된 생물인 건가.

"난 지금 신이 된 기분이야." 함께 온 친구에게 이야기했다. "너도 참 시골뜨기라니까. 온 보람이 있지?"

뒤를 돌아보니 전망대 안 통유리 커피숍에서 요즘 젊은 커플이 마주 앉아 데이트를 한다. 우와, 살아 있는 인간이 데이트를 한다. 살아 있는 인간은 어쩌면 저리도 더러운지. 갑자기 배설물을 본 듯한 기분이 들었다. 나 역시 특출하게 더러운 인간이다. 이곳에는 번쩍번쩍 빛을 내며 철컥철컥 걸어 다니는 로봇처럼 먹지도 배설하지도 않는 인간이 어울리지 않을까. 생각도 없고 분노 같은 감정도 없는, 오로지 기능적으로 반응하는 금색 은색 인간이 있어야 하지 않을까.

"왠지 기분이 안 좋아졌어. 내려가자." 지상으로 내려와 커피숍에서 쉬다 보니 맑은 정신이 돌아왔다. 중국요리를 먹을까 메밀국수를 먹을까 고민하다가 눈앞의 여자애한테 "넌 피부에 주름이 하나도 없네. 좀 만져보자"라며 변태 할아범처럼 굴었다. 나에게도 이처럼 젊은 시절이 있었던가. 청춘이란 자신의 젊음을 깨닫지 못하는 것이다. 너도 머지않아 나처럼 되겠지. 아, 고소하다. 그리고 나는 집으로 돌아와 처음 비행기를 타고 외국에 간 사람처럼 흥분하며 사랑스러운 침대 위로 쓰러졌다.

아, 싫다. 이제 도시 따위에 우르르 몰려가지 않을 테다. 이 세상이 못마땅하다. 내가 모르는 장소에서 점점 못마땅하게 변하고 있다. 조그만 반딧불이 무수히 모여든 것 같은 불빛을 매달고 여기저기 서 있는 거대한 빌딩 속에서, 내가 모르는 세상이 움직이고 있다. 그것으로 나는 살아간다. 살아가긴 하지만 곤란하다.

지지직, 팩스가 왔다. 여하튼 나는 컴퓨터를 안 쓰니까. 팩스를 뽑아 들자 사각형 창이 푸르게 변하며 계속 깜빡거렸다. 이건 뭐지. 요전에 팩스를 바꾸었다. 전에 쓰던 팩스는 종이를 억지로 잡아 뺐더니 고장 났다. 황급히 정지 버튼을 누르자 창은 오렌지색으로 변했다. 창에 "버튼으로 기록을 어쩌고저쩌고 하시겠습니까?"라는 글이 떴다. 어느 버튼이냐, 이건가. 이번에는 창이 핑크 색으로 변했다. 카바레도 아니고. 그 옆 버튼을 두 번 눌렀더니 이번에는 오렌지색이 되었다. 깜빡깜빡.

지금도 내 팩스는 "잉크 리본이 거의 없습니다"라며 녹색으로 깜빡거리고 있다. 잉크 리본을 확인하니 거의 없지 않다. 그런데도 팩스는 녹색으로 깜빡인다. 이젠 나도 모르겠다. 내 시대는 끝났다. 나도 끝났다. 어쩔 텐가. 이틀이 지나도 사흘이 지나도 녹색으로 깜빡거리는 것을. 화가 치밀었다. 나는 단지 팩스를 보내고 받기를 원할 뿐이다.

송신 중, 나도 안다고. 송신 완료, 쓸데없는 친절이다.

침대 반경 50미터 이내에서 생활하기 때문에 먼 곳에는 그다지 나갈 일이 없다.

산겐자야에서 누군가를 만나기로 했다. 옛날에 산겐자야는 노면전차밖에 다니지 않았다. 주변의 작은 상점가 말고는 아무것도 없는 살풍경한 곳이었다. 요즘도 노면전차가 있을까. 어떻게 가는지 전화로 물어봤더니 곧바로 여러 선로를 통해 가는 쓸데없이 다양한 방법이 적힌 문자가 왔다. 가는 방법이 너무 많아서 오히려 어떻게 가야 할지 감이 안 잡혔지만, 어쨌든 시부야로 가야 한다는 사실은 알았다.

전철을 타자 외국인이 둘이나 있었다. 탈 때 안쪽에서 나온 사람들 중에도 젊은 외국인이 있었는데, 그가 일행인 여자에게 "이쪽, 왼쪽이야!" 하고 외치는 모습을 보았다. 얼굴만 외국인이 아니었어도 일본인으로 착각할 지경이었다.

자리가 비어 있어서 앉았다. 하교하는 남고생 일고여덟 명이 무리 지어 문 쪽에 서 있었다. 교복 차림이긴 했지만 그중 셋은 바지를 한껏 내려 입은 탓에 화장실에서 바지를 벗는 도중으로밖에 보이지 않았다.

멀찍이 떨어진 곳에 서 있는 젊은 남자도 헐렁헐렁한 바지를 엉덩이 골까지 끌어내린 채 손잡이에 매달려 칠칠맞지 못하게 허리를 비틀어댔다. 뭐지, 유행인가.

저 녀석들이 생각해낸 것하고는. 나는 감탄했다. 처음 저 패션을 머릿속에 떠올린 건 어떤 녀석일까. 머릿속에 떠올렸을 뿐만 아니라 세상에 내보내기까지 하다니. 녀석들의 자기주장이란 게 볼일 보는 도중의 패션을 실행하는 일이라니, 정말로 경악스럽다.

루스삭스가 유행할 때도 깜짝 놀랐다. 누구인가, 가장 먼저 생각해낸 사람은. 하지만 루스삭스는 귀엽긴 했다. 만약 젊었다면 나도 신었을 테지.

그러나 아무리 내가 젊은 남자가 된다 하더라도 엉덩이 골까지 바지를 끌어내리고 허리를 비틀어대는 짓은 하지 않을 것이다. 녀석들이 허리를 비틀어대는 이유는 그러지 않으면 바지가 흘러내리기 때문이라는 사실을 알게 되었다.

신주쿠에 도착해서 내리려고 하자 고등학생들이 문 앞에 버티고 서서 비켜주지 않았다. 내리는 사람이 잔뜩 있는데도 요지부동이었다. "좀 비키렴." 나는 이렇게 말하며 그들을 밀

어젖혔다. "뭐야." 한 아이가 중얼거렸다. 플랫폼에 발을 내디
딘 순간 "망할 할망구!"라고 세 아이가 합창했다.

　갈아탄 전철은 사람들로 빼곡했다. 나보다 머리가 하나 정
도 더 큰 외국인이 있었다. 얼굴이 터무니없이 아름다워서 마
치 『베르사유의 장미』에 나오는 오스칼 같았다. 속으로 김단
했다.

　눈앞에서는 커플 한 쌍이 자고 있었다. 자기 집 침대인 양
푹 잠들었는데 여자가 미인이었다. 이 애들도 평범하게 사는
구나.

　명품 핸드백을 들고, 좋은 구두를 신고, 검정색 재킷에 몽실
몽실한 노란색 브로치를 달고서 말끔하게 화장한 얼굴이었다.

　오늘 전철에서 잠들기까지 팬티를 입고, 치마를 고르고, 스
타킹에 다리를 집어넣고, 거울 앞에 얼굴을 한껏 갖다 붙인 채
파운데이션을 펴 바르고, 마스카라를 하고, 여기저기 손을 놀
리며 거울에서 어깨를 펴 보는 와중에 엄마가 "어딜 또 싸돌
아다녀?" 하고 고함을 질렀을지도 모른다. 그러면 "엄만 몰라
도 돼!"라고 소리 지르며 나오기 전에 화장실로 뛰어들었겠지.

　두 사람은 머플러로 무릎을 덮은 채 자면서도 머플러 아래
서 손을 꼼지락거리고 있었다. 이 녀석들 연애 중이로구나. 언
젠가 머지않아 남자애 하숙집에서 헤어지네 마네 할지도 모

르지. 아아, 살아 있는 인간의 생활은 고되다는 생각을 하며 그 옆에서 재잘재잘 떠드는 여자 두 명에게로 시선을 옮겼다.

"그래, 그래, 그렇다니까"라고 맞장구치는 여자는 귀걸이를 늘어뜨리고 있었다. 아, 저 귀걸이를 사기 위해 이 여자는 이걸로 할까 저걸로 할까 망설이며 주머니 사정을 고려했겠지. 이 여자를 낳은 엄마도 있을 것이고, 그 엄마도 매일 밥을 먹겠지. 여자는 "그래, 그래, 그렇다니까"라는 말만 되풀이하는 기이한 대화를 했다. 아, 이 사람도 살아 있는 몸뚱이를 지니고 있다. 거의 10센티미터 거리에 있는 전혀 모르는 사람이 매일 세수를 하고 목욕도 하는 것이다. 아, 피곤하다. 살아 있는 인간들 틈에 끼어서 때로는 섹스할 때보다도 한층 더 몸을 딱 붙이고, 생판 모르는 남과 뼈가 으스러질 정도로 몸을 부닥치고 있는 건 생각하면 할수록 불쾌하다. 살아 있는 몸뚱이들. 황급히 액자에 걸린 포스터를 보았다. 어느 부동산의 포스터인데 일러스트가 그려져 있었다. 아아, 이 일러스트를 그린 사람은 먹고살 만한 걸까. 가족은 있는 걸까. 아오야마 어딘가의 조그만 맨션 방 한 칸에 사무실을 꾸리고 거기서 일을 의뢰받는 걸까. 아, 피곤하다. 관둬야지.

살아 있는 인간이란 정말로 고달프다. 포스터에서 눈을 떼고 반대편 남자를 보았다. 남자는 온 신경을 문자 쓰는 데 집중하고 있었다. 아마도 전철에서 할 일이 없어서 문자가 습관이 된 것인지도 모른다. 이 남자도 자기 집 현관에서 신발을 신고 나왔겠지. 신발은 빨아 신은 것일까, 누가 빨아준 것일까. 살아 있는 인간을 이렇게 가까이서 일일이 보고 있자니 정신이 이상해질 것 같다. 오랜만에 탄 전철에서 녹초가 되었다. 생판 모르는 남들을 투명 인간이라고 여기지 않는 한 전철 같은 건 탈 수가 없다. 적응이란 중대하고도 요긴한 본능이다. 롯폰기 힐스 아래의 암세포들은 득시글득시글 고되게 산다. 이 전철 안의 사람들은 모두 휴대전화를 가지고 있겠지.

우주를 떠도는 위성에서 오가는 전파로 잘도 통하는구나. 나는 원리 따윈 모른 채 버튼을 누르는 방법만 외웠다. 어떤 방식으로 작동하는지도 모르면서 쓴다. 기분이 언짢다. 원리를 알려고 들면 살 수가 없다.

그건 그렇고 정말로 지쳤다. 진땀이 날 정도로 지쳤다.

집에 돌아오자 팩스가 아직도 녹색으로 깜빡이고 있었다.

Y씨, 미안해요. 지금부터 팩스 보낼게요. 깜빡깜빡하는 채로 보낼 수 있을지는 모르겠지만. 내 시대는 이미 끝났어요. 나도 끝났어요. 한류 때문에 멍청해진 건지 노망이 든 건지는 모르겠지만 시대에 뒤처진 노인들은 모두 이런 식이겠지. 이미 늙었으면서도 젊은이나 요즘 시대를 필사적으로 따라잡으려 드는 노인은 볼썽사나워서 싫다. 하지만 여성의 평균수명은 여든다섯이라지.

최후의 여자 사무라이

2006년 겨울 X월 X일

전화벨이 울렸다. 요즈음 전화가 잘 오지 않는다. 사회에서 잊힌 것이다. 친구들도 이제 나를 떠올리지 않을지도 모른다. "나야. 오늘 집에 있어?" "응." "그럼 갈게. 뭐 좀 있어?" "있어." 딸깍, 하고 전화가 끊겼다. 사촌인 모모 언니다. 모모 언니는 전화로는 화난 것 같아도 사실 평소와 똑같다. 쓸데없는 말은 한 마디도 하지 않는다. 나는 오래 통화하면서도 쓸데없는 말만 하지만, 모모 언니와 전화할 때는 세 마디 이상 해본 적이 없다. "뭐 좀 있어?"라고 물어봤을 때 "아무것도 없어"라고 대답했더라면 "내가 뭐 사 갈게" "응" 딸깍, 하고 전화가 끊겼을 것이다. "오늘 집에 있어?" "아, 없어" "그래?" 딸깍.

친가 쪽 사촌인 모모 언니는 전쟁이 끝났을 때 열다섯 살이었다고 한다. 나는 일곱 살이었다. 모모 언니는 구학제舊學制 교육을 고스란히 받았다. 반면 나는 전후 민주주의 교육의 첫

157

세대다. 모모 언니가 다닌 여학교에서는 학도동원제2차 세계대전
말기에 노동력을 보충하기 위해 중등학교 이상의 학생들을 군수산업이나 식량 생산에 동
원한 것으로 비행기 연료로 쓰일 소나무 뿌리를 매일같이 캤는
데, 언니는 뿌리를 캐면서도 '아, 일본은 지겠구나, 소나무 기
름으로는 못 이길 테니까'라는 생각을 늘 했다고 한다. 그리고
언니의 예상대로 일본은 졌다.

　"그날을 잊을 수 없어. 옥음방송1945년 8월 15일에 히로히토 일왕이 항
복을 선언한 라디오 방송을 일본인들이 지칭하는 말을 들었을 땐 신났지. 마
침 날씨도 좋았어. 아, 이젠 소나무 뿌리 안 캐도 되겠구나. 자
유의 몸이구나, 뭐든 할 수 있겠다……."

　언니는 그런 생각으로 다음 날 피난처였던 아버지네 시골을
빠져나와 혼자서 전에 다니던 도쿄의 여학교로 돌아갔다고
한다.

　나는 언제나 모모 언니의 정확한 결단력과 실행력, 독립심
에 감탄한다. 이듬해 3월에 학교를 졸업하고 S생명에 입사한
언니는 정년까지 일했다.

　11시 반에 언니가 왔다. 모모 언니는 언제나 단정한 옷차
림이다. 자세가 꼿꼿한 데다 이제는 위엄까지 엿보인다. 마치
영국 가정교사 같다. 모모 언니의 옷차림은 유행을 뛰어넘어
30년 전이나 지금이나 스타일이 똑같지만, 옛날 느낌은 들지
않는다. 혹은 항상 옛날 느낌이다. 질이 매우 좋고 재봉이 잘

된 치마에 둥근 깃이 달린 블라우스, 목 아래에 빈틈없이 원형 브로치를 채운다. "언니, 옷 어디서 사?" "마루젠." "우와, 마루젠에서 사는구나." "마루젠 말고는 안 가." 내가 아는 사람 중 마루젠에서 옷을 사는 사람은 모모 언니 말고는 한 명도 없다. 언젠가 친구에게서 굉장히 고급스러운 검정색 우산을 선물 받았는데, 그 우산이 마루젠 포장지로 싸여 있었다. 나는 그런 질 좋고 품격 있는 우산이 이 세상에 존재하리라고는 생각도 못했다.

오늘 모모 언니는 자주색의 잔잔한 꽃무늬 블라우스에 같은 옷감으로 만든 작은 꽃 모양 스트라이프가 들어간 치마를 입고 왔다. 옷깃에 카메오 브로치가 달려 있었다. "비싸 보이는 옷이네." "당연히 비싸지, 하여간에 돈이 남아돌아서 말이야. 너도 돈 없으면 줄게." 모모 언니라면 정말로 줄 것 같다. "이젠 앞으로 몇 년이나 더 살지 모르잖아? 먹고 싶은 것 먹고 사고 싶은 것 팍팍 사기로 했어." 모모 언니는 뭐든지 맛있다며 덥석덥석 잘 먹는다. 먹는 속도도 굉장히 빠르다. 한창 잘 먹어야 할 시기에 못 먹고 자랐기 때문이다. 그래서 나도 빨리 먹는다.

어제 먹다 남은 영양밥과 굴튀김, 된장국에 단무지를 먹었다.

"아, 매일 먹을 수 있다니, 매일 먹을 수 있다는 게 놀라워."

먹으면서도 말한다.

"난 살아 있는 동안 이렇게나 풍요롭게 지내게 될 줄 몰랐다니까. 방송에서는 음식을 장난처럼 다룰 때가 있잖아."

모모 언니는 화를 내고 있다. 전화할 때와 같은 어조라도 나는 알 수 있다. 언니는 격분했다. 나도 성이 난다. "들어봐. 내가 용서할 수 없는 건 뭐냐면, 멍청한 젊은 애가 '이 감칠맛 나는 풍미'라든지 '개운한 끝 맛'이라든지 아는 척 떠들어대는 거야. 애당초 그런 젊은 애가 무슨 맛을 알겠냐고." "나는 그런 젊은 애가 맛있는 걸 먹어선 안 된다고 생각해." 둘이서 흥분하기 시작했다. "정말 그렇다니까. 고구마 줄기도 먹어본 적 없는 주제에. 요코 너도 안 먹어봤지?" "웃기지 마. 난 보릿겨 경단도 먹어봤다고. 언니야말로 보릿겨 경단은 구경도 못 해봤지?" 모모 언니는 왠지 분하다는 듯이 중얼거렸다. "그건 못 먹어봤네." 왠지 이긴 듯한 기분이다. "썩은 고구마의 거뭇거뭇한 부분도 진짜 굉장하지." 어느새 경쟁은 접어두고 서로 맞장구를 치기 시작한다. "그리고 고구마 전분 경단 말이야, 그건 두 번 다신 먹기 싫다고. 경단 가장자리가 지저분한 녹색인데 좀 투명하지." "큭큭." 모모 언니의 웃음소리는 귀엽다. 웃음소리도 귀엽지만 웃는 얼굴도 귀엽다. "소프트아이스크림을 처음 먹었을 땐 꿈속을 거니는 것 같았다니까. 긴자에 있는 PX에서만 팔았거든. 내 월급은 15엔이었는데 소프트아이스크림은 8엔이나 했어." 모모 언니는 옛날부터 대담한 구석이 있었다. "이런 걸 먹는 나라랑 전쟁했으니 지는 게 당연하다고 생각했어." 모모 언니의 음식에 대한 집념은 대단하다.

언니는 때때로 지는 게 당연하다는 문구를 마침표처럼 쓴다. 언니가 그 말을 할 때마다 나도 옳은 소리라며 맞장구친다. 가슴이 후련해지는 느낌이다.

모모 언니는 갑자기 분개하기 시작했다. "난 정말 열 받아. 히로시마 위령비에 '잘못은 되풀이하지 않을 테니까요'라고 적혀 있잖아. 누구 잘못이란 거야. 원자폭탄을 떨어트린 건 저쪽이라고. 잘못도 저쪽이 한 거잖아. 그걸……." 모모 언니는 감정이 북받치는 듯 말을 잇지 못했다. 나는 모모 언니한테 이 말을 적어도 200번은 들었다. 젊을 때는 모모 언니가 우익이라고 생각했지만, 나이를 먹고 보니 이제는 내가 우경화한 것 같다. "교육이 잘못된 거야. 우리 세댄 교육칙어제2차 세계대전 이전 일본 정부의 교육 방침을 명기한 칙어. 1890년에 반포되었고 일본을 점령한 연합군 최고사령부에 의해 1948년에 폐지되었다라고. 짐이 생각건대 황조황종皇祖皇宗이……." 모모 언니는 경을 외듯 속사포처럼 내뱉었다. 역시 이 언니는 우익인가. "'생각건대惟ヲ二'에서 생각할 유惟는 옛날 한자야." 나는 모르는 소리다.

그런 다음 "진무, 스이제이, 안네이, 이토쿠……" 하며 역대 천황을 줄줄 왼다. 내가 졌다. "난 말이지, 패전 책임은 천황 폐하에게 있다고 생각해. 그때 사형시켰어야 했어." 언니는 돌연 과격한 발언을 했다. "그래도 현실에 존재하니까 제대로 대해야지." 이건 무슨 소린가? "A신문 말이야. '폐하는 무엇을 드셨다'라잖니. '잡수셨다'고 해야지. 그리고 '천황 폐하와 미치코 님'이라고 적혀 있잖아. 그러면 못써. '천황 폐하 및 황후 폐하'라고 해야 돼." 흐음.

모모 언니는 드라마도 영화도 소설도 좋아하지 않는다. 어른이 되고 나서 만났더니 "난 고바야시 히데오근대 일본의 문예평론을 확립한 평론가랑 요시다 겐이치평론가이자 소설가밖에 안 읽어"라고 단언해서 놀랐지만, 알면 알수록 모모 언니답다는 생각이 든다. 음악은 클래식만 듣는다. 아마 연예인은 한 사람도 모를 것이다. 10대에 바이올린을 시작해서 일흔이 넘도록 켰다.

나는 음악, 특히 서양음악이라면 클래식부터 재즈, 록 할 것 없이 전부 다 싫다. 나는 언어밖에 모르는 사람이라서 가사가 있는 음악만 듣는다. 세상에 없어도 좋은 것이 서양음악이다.

젊은이들이 영어를 어설프게 따라하면서 기타를 튕기고 방방 뛰어다니는 광경을 도무지 이해할 수 없다.

언젠가 한 젊은이한테 왜들 그러는지 이유를 물어본 적이 있다. "아줌마, 그 애들은 미국인이 되고 싶은 거예요." 이 사실을 모모 언니가 안다면 기절초풍할 것이다. 나는 어른이 된 후에 모모 언니한테 서예를 배웠다. 습자를 가르치는 자격증을 가지고 있는 모모 언니는 정말로 아름다운 글씨를 쓴다. 언니는 또 옛날 가나 표기법과 옛날 한자에 민감하다. "서예는 왜 그만뒀어?" "난 글씨본대로밖에 못 쓰겠더라. 내 글씨가 안 나와. 재능이 없었던 거지." 자신에게 재능이 없다는 사실을 알아차렸다는 점이 훌륭하다. 그것도 몇십 년이나 계속한 끝에 인정하다니 대단하다.

모모 언니는 요리를 안 한다. 하는 건 시금치나물이랑 포테이토 샐러드뿐이다.

시금치나물을 만들 때는 한 단을 통째로 냄비에 넣고 젓가락으로 살랑살랑 휘저으면서 삶는다. 그렇게 하는 편이 열이 고르게 전달되어 지나치게 익지 않는다. 이제는 나도 그렇게 한다. 포테이토 샐러드는 감자가 뜨거울 때 레몬 하나를 짜 넣는다. 나도 그 방법을 쓰기로 했다. 대학에 입학했을 때, 도쿄에 와서 모모 언니에게 처음으로 얻어먹은 음식은 미모사 샐러드였다. 마카로니가 든 포테이토 샐러드에 튀긴 닭 가슴살이 올라가 있었고, 그 위로 계란 노른자가 미모사 꽃처럼 흩뿌려 있었다. 긴자의 레스토랑이었다. 매우 고급스럽고 세련된 요리라고 생각했다.

나는 졸업하고 니혼바시의 백화점에 취직했다. 모모 언니의 회사는 마루노우치에 있어서 만나기로 했다. 그때도 언니가 한턱냈던 것 같다. 언니는 마루젠에서 에메랄드그린 스웨터와 카디건 앙상블을 사 주었다. 품질이 무척 좋았던 그 옷은 줄

곧 내 외출복이었다.

"요코 넌 차림새가 볼품없어서 측은했거든." 내가 그렇게 가난한 티를 냈다니, 스스로가 가여워서 눈물이 난다. 가여운 나를 떠올리는 건 정말 좋다. 그나저나 나도 참 대견했지. 그 땐 매우 씩씩했고, 스스로가 불쌍하다는 생각도 없었다. 가난 은 당연했다. 안짱다리로 으스대며 거리를 활보했다.

호탕하게 웃었다. 조신한 여자는 아니었다.

핏줄은 대단하다.

그래도 나는 모모 언니와 두 번 절연한 적이 있다.

도쿄 올림픽이 개최되었을 때 나는 텔레비전이 없었다. 이 제는 어느 동네였는지도 기억나지 않는 모모 언니의 아파트에 놀러 갔다. 텔레비전에서 일본 체조 경기가 나오고 있었다. 그 무렵 일본 체조는 강했다.

나는 단순히 일본이 이기면 좋겠다고 생각했다. 어째서 일 본인은 올림픽 때만 애국자가 되는 걸까. 평소에는 나라를 사 랑한다느니 하면 눈살을 찌푸리면서.

나 역시 올림픽 애국자였다. 멍하니 방송을 보는 와중에 모 모 언니가 종이에 점수를 매기기 시작했다. 모모 언니는 유부 초밥을 봉지째 덩그러니 테이블에 올려두었다. "접시 필요 없 어?" 내가 묻자, "맛은 똑같아"라고 대답했다. 나는 유부 초밥 을 우물거리며 또다시 텔레비전에 빠져들었다.

"일본인은 손해야. 다리도 짧고 키도 작은 데다 뚱보잖아. 같은 기술을 해도 볼품없어 보여."

내가 이렇게 말하자, 모모 언니는 살짝 격앙된 어조로 반박했다.

"기술은 그런 게 아니야. 외모를 보고 점수 매기면 못써!"

하지만 내 성질은 여기서 한발 물러날 줄을 몰랐다. 우리에게는 같은 피가 흐른다는 사실을 어째서 깨닫지 못했을까.

"언니, 심사 위원은 남자야. 생각해봐. 소련의 어쩌고저쩌고카야가 같은 기술을 하면 그쪽이 유리하다고."

"요코 넌 불순한 생각을 하는구나. 그런 일은 없어. 이건 기술의 경기니까!"

그쯤부터 분위기가 살벌해졌다. 차라도 끓이려 했는지 모모 언니는 자리에서 일어나며 종이를 건넸다. "여기다 점수 좀 매기고 있어." "알았어." 나는 대답한 다음 처음에는 화면 구석에 나오는 숫자를 적었지만, 점차 화면에 정신이 팔려 쓰는 것을 잊어버리고 말았다. 모모 언니는 자리로 돌아와 종이를 낚아채더니 갑자기 큰 소리를 냈다. "너 정말 바보 아냐? 점수 매기라고 했잖아. 뭐 하고 있었던 거야?" 어안이 벙벙했다. 애당초 나는 어째서 점수를 매겨야 하는지도 몰랐다. "바보 같긴, 정신을 어디에다 둔 거야. 내가 점수 매기라고 했잖아." 나는 모모 언니의 화난 얼굴을 처음 봤다. '별 이상한 사람도 다

있네.' 나도 열 받았다. 골육상쟁이란 이런 걸 두고 하는 말인가. 나는 "별것도 아닌 걸 가지고!"라고 내뱉고는 그길로 있는 힘껏 문을 쾅 닫은 다음 집으로 돌아왔다. 그 후로 10년 동안 언니와 절교했다. 언니도 나도 젊었고, 바빠서 절교 때문에 가슴앓이하는 일도 없었다. 돌이켜 보면 '이상한 사람이네' 정도의 느낌밖에 없었다.

그리고 10년이 지난 어느 날, 모모 언니가 "모모코야. 훗훗" 하며 여전히 귀여운 목소리와 얼굴로 현관에 서 있었다. 마치 아무 일도 없었던 양 나는 모모 언니의 "히로시마 위령비에 '잘못은……'"을 또 들었고, 연설은 적당한 부분에서 마무리되었다.

"나 이제 정년까지 261일 남았어. 이렇게 기쁠 수가 없어. 자기 전에 달력에다 엑스표 친다니까."

언니는 시효가 끝나기를 기다리는 3억 엔 절도범처럼 말했다. "이제 121일" 하고 언니가 날짜 세는 소리를 몇 번이나 들었던 것 같다. "나는 돈을 받으니까 일할 때는 회사 소유야. 나라는 사람은 없어. 그렇잖아, 대가를 받는걸. 노동을 파는 거야." 회사에 대한 불평불만만 잔뜩 늘어놓는 녀석들에게 들려주고 싶은 얘기다. "하지만 회사가 이치에 맞지 않거나 바보 같은 일을 시킬 때도 있잖아?" "당연히 있지. 그래도 난 전부 회사가 하라는 대로 했어. 출장 갈 땐 비행기도 탔다고." 모모

166

언니는 세상에서 비행기를 가장 싫어한다. 내 생각에도 그런 무쇠 덩어리가 공중에 떠 있는 게 이상하긴 하지만, 모모 언니처럼 무서워하지는 않는다.

"우와, 언니 비행기도 탔어?" "일이니까." 예전에 모모 언니가 가라스야마의 큰어머니 댁에서 마루노우치까지 통근했을 때 폭설이 내린 적이 있다. 언니는 걸어서 가라스야마에서 마루노우치의 회사까지 갔다고 한다. 10대 후반이었을까. 그 이야기를 듣고 나는 얼이 빠졌다.

돌아올 때도 걸어왔는데, 이미 날이 어두컴컴해져 길에는 사람이 거의 없었다. 고슈가도에서 유일하게 함께 걷던 아저씨가 집이 어디냐고 물었다. "그것 참 큰일이군. 우리 집에서 묵고 가려무나." 언니는 초대를 받아 아저씨네로 갔다.

"그런 다음 고타쓰나무로 만든 밥상에 이불이나 담요 등을 덮은 온열 기구에 들어가 있으니까 아저씨 부인이 우동을 주셨어. 몸이 꽁꽁 얼어붙어 있었지. 그 아저씨가 아니었다면 아마 난 얼어 죽었을 거야."

좋은 시대였다. 그리고 모모 언니는 귀엽고 건강한 소녀였다.

"내가 회사에 들어갔을 땐 컴퓨터가 없었어. 처음 쓴 컴퓨터는 크기가 다다미 석 장 정도나 됐으니까. 사용법을 외워서 젊은 애들한테 가르쳤지. 이제 다 가르쳤나 싶으면 또 새 컴퓨터가 들어와. 다시 외워서 알려주면, 또 새로운 게 들어오고.

그런 일의 반복이야." 아, 일본은 어느 회사나 모모 언니 같은 사람이 있었기에 경제를 지탱해왔구나. 그에 비하면 내가 하는 일은 얼마나 시시한가. 나는 무슨 일이 있어도 모모 언니에 대한 존경을 멈출 수 없다.

연이은 잔업으로 돈을 쓸 시간조차 없었다고 한다. 상여금 쓸 시간도 없던 차에 회사에서 그 돈으로 자사주를 사는 건 어떠냐고 제안했다. "아, 마음대로 하세요. 마음대로 하세요." 언니는 이렇게 말한 다음 그 일을 잊고 지냈다. 그랬더니 담당자 아저씨가 "사노 씨, 주식 좀 모았으면 맨션을 사는 게 좋아요"라는 조언을 했고, "마음대로 하세요. 마음대로 하세요"라고 했더니 그 아저씨가 기치조지의 금싸라기 땅에 있는 건물을 찾아주었다. 건물을 보자 마음에 들어서 맨션을 샀다. 지금 모모 언니가 살고 있는 집이다. 아주 중후하고 훌륭한 맨션이다. "난 운이 좋았지. 그이는 좋은 사람이었어." 모모 언니가 욕심이 없기 때문에 굴러들어온 행운이다. 그 이후로도 언니는 바지런히 일했고, 달력에 엑스표를 쳐가며 순조롭게 정년 퇴직을 했다. "난 정년퇴직한 다음에는 베토벤 교향곡 사중주를 매년 한 곡씩 마스터할 거야. 열 곡." 그리고 언니는 그 말을 실행했다. "매일매일이 일요일 같네"라고 하던 그 무렵, 언니와 나는 또다시 절교를 했다.

이번에는 내가 일방적으로 잘못했다. 골프장을 지나갈 때면 "이런 넓은 곳은 밭으로 만들어야 해. 저런 막대기 대신에 곡괭이를 들고 땅을 갈아야 한다고"라는 소리를 할 정도로 모모 언니는 토지에서 생명의 근원을 느끼고 있었다. 나도 지당한 말이라고 생각은 했지만, 정작 우리 집 정원에는 잔디만 자라고 있었다. 잔디밭 바깥쪽에는 약 30센티미터 너비의 땅이 있었다. "저기다 콩 심자." 어느 날 모모 언니가 콩을 휙 심었다. "이 콩은 맛있을 거야." 언니는 허리에 손을 올리고 만족스러운 표정으로 땅을 바라보았다. "물을 줘야 해, 물을." 나는 콩에 물을 주었고, 이윽고 싹이 터 잎사귀가 자라났다. 자그마한 콩꼬투리가 나왔는데 열매가 실하지 않고 납작했다. 모모 언니가 보면 실망할 것 같아서 난감해하던 중에 전화벨이 울렸다. "풋콩 다 삶았어?" 나는 당황해서 허둥지둥 "다 먹었는데"라고 내뱉어버렸다. 이제와 돌이켜 봐도 왜 그렇게 말했는지 모르겠다. 딸깍, 하고 전화가 끊겼다. 그로부터 2년 동안 모모 언니는 우리 집에 오지 않았다. 우리 집은 자갈 위에 세운 데다 지면은 콘크리트 조각투성이고, 비료도 주지 않았다. 그러나 나는 흙에서 수확하는 작물에 대한 모모 언니의 집념도 잘 알고 있었다.

납작한 콩꼬투리를 보면 언니가 실망할 것만 같았다.

나중에 언니는 "넌 정말 뭐 하는 애야. 어이가 없어서"라고 몇 번이나 투덜거렸다. 나도 어이가 없다. 어째서 다 먹었다고 내뱉은 걸까. 나는 모모 언니에게 콩을 삶아주지 않는다. 둘 다 그때 일을 떠올리고 싶지 않은 것이다.

차를 마시고 이야기를 이어갔다. 모모 언니는 남의 뒷말도 텔레비전이나 영화 이야기도 하지 않는다. "요전에 밖에서 좀 비싼 음식을 먹고 있는데, 주위를 둘러봤더니 아줌마들뿐이 더라. 서너 명씩 짝지어서 말이지. 그걸 보니까 열 받지 뭐야. 남편은 편의점 도시락을 먹는다고." 내가 운을 떼자, "맞아, 그런 거 진짜 싫어" 하며 둘이서 주부들을 도마에 올려놓고 분위기가 달아올라 이야기가 끊이지 않았다. "그리고 있잖아, 그런 사람들이 꼭 '넌 돈 많아서 좋겠다'거나 '넌 돈이 많으니까'라고 한다니까. 난 40년을 일했으니 당연하잖아. 누가 거저 준 돈이 아니야. 내가 일해서 번 돈이라고." 머릿속에는 폭설이 내리던 날 모모 언니의 모습이 떠올랐다. 모모 언니는 감정이 북받쳐서 손이 떨릴 지경이 되었다. 나도 비슷한 경험이 생각나서 목소리가 부들부들 떨렸다. "○○ 씨 알지? 말끝마다 '넌 부자잖아'라고 한다니까. 대체 내가 1년에 얼마를 벌 것 같냐고 물었더니 글쎄 5천만 엔 정도 버는 거 아니냐고 하더라." 정말로 손이 벌벌 떨렸다. "이, 이, 일본에서 1년에 5천만 엔 버는 사람이 얼마나 되겠어? 고, 고이즈미 총리도……." "맞아. 그런 사람들은 세상 물정을 몰라도 너무 몰라. 참 나." "그런 사람들일수록 결혼하면 남편이 옷 한 벌도 안 사 주는 경우가 많대. 하지만 그 인간들도 팬티는 입고 있잖아. 브래지어는 차고 있잖아. 사고 싶으면 비상금 모으면 되지. 그게 주부의 능력 아니면 뭐람." "그 사람들은 어째서 남들이 뭐든 다 해준다고 생각하면서 말끝마다 '해줘'라는 걸까. 전부 남의 탓으로만 돌리고 말이야."

물론 그렇지 않은 훌륭한 주부들도 많다는 사실을 안다. 알고는 있지만 일단은 모르는 척 그들을 계속 비난하면서도 나는 비겁한 결론을 내렸다. "그래도 주부가 그런 생각을 하는 건 구조적으로 어쩔 수 없지. 일종의 숙명이랄까. 그럴 만도 해." 모모 언니도 결론을 냈다. "아, 난 결혼 안 해서 다행이야. 요즘 정말 절실히 느낀다니까. 자식도 없어서 다행이야. 모두들 자식 때문에 고생하는걸." 나는 입을 다물었다. 나는 두 번이나 결혼했고, 이혼했고, 변변찮은 자식까지 있다. 계속 침묵을 지켰다.

"아, 이런 행복한 노후가 오리라고는 생각도 못했어." 모모 언니는 절절히 중얼거렸다. "일본은 딱 적당한 시기에 전쟁에서 진 것 같아." 나도 스스로를 쇼와1926~1989년의 일본 연호 역사의 산 증인이라고 여기지만, 아홉 살 위인 모모 언니는 그 무렵 이미 제대로 사태를 파악할 수 있는 어른이었다는 점이 나와는 다르다. 우리는 완전히 쇼와 세대의 사람들이고, 헤이세이

1989년부터 현재까지의 일본 연호는 노후다.

"앗, 몇 시야?" "아직 2시 반이야." "집에 갈래. 어두워지면 무서우니까." "뭐가 무섭다는 거야? 저렇게 밝고 편리한 세상인데 무슨 걱정이람." "나쁜 사람이 있을지도 모르잖아." 모모 언니는 어린아이처럼 말했다.

그리고 3시 정각이 되자 "실례가 많았습니다" 하며 현관에서 머리를 깊숙이 숙였다.

모자를 쓰고 등허리를 쭉 편 채 또각또각 멀어져갔다.

아아, 최후의 여자 사무라이가 간다.

요코가 또 저런다

2006년 봄 X월 X일

납작하게 늘어난, 몽골 스모 선수스모의 천하장사에 해당하는 요코즈나는 2003년부터 몽골 출신 선수들이 장악했다만큼이나 커다란 바퀴벌레가 자고 있었던 내 아래쪽에서 버르적거린다. 1제곱센티미터 정도의 삿자리무늬가 아로새겨진 날개는 몹시 아름답게 번들번들 빛난다. 깜짝 놀라서 잠에서 깼다. 눈을 뜬 다음에 곱씹어보니 꺼림칙한 꿈이었는지 신기하고 예쁜 꿈이었는지 모르겠다. 기분이 좋은지 나쁜지도 모르겠다. 일주일 전에 노인 병원에 세 차례나 가서 치매 검사를 받았다. 병원에서는 노망이나 치매 같은 단어를 쓰지 않고 건망증 외래라고 부르는 모양이다.

열 받는다. 그게 뭐든 간에 단어를 바꿔 부르면 화가 난다. 정신분열증을 조현병이라고 하거나 장님을 눈이 불편한 사람이라고들 한다. 호칭을 바꾼들 상태가 달라질 리 없다. 고약한 위선이다.

의사는 30대 초반의 남자였다. 피부가 반질반질하다. 성격 좋은 도련님 같은 의사다. 내 마음은 '풋내기 녀석, 네가 인생에 대해 뭘 알아?'라는 생각으로 가득했다. 그래도 나한테는 의사 앞에서 실실거리는 습관이 있어서 정말 다행이었다. 의사는 나무, 개, 기차라고 말했다. 머릿속에 개가 나무 근처에서 기차를 바라보는 그림이 그려졌다. "나중에 다시 물어볼 거예요." 도련님이 말했다. 그다음에는 시계나 연필 따위를 여섯 개 정도 늘어놓은 뒤 그것들을 감추었다. 그 순간 내 안의 허세가 고개를 쳐들었다. 요깟 것도 못할쏘냐! 장난 같은 질문을 여섯 개쯤 받았다.

두 번째로 갔을 때는 눈앞에 있는 컴퓨터에서 유치원생들이 앞다투어 맞힐 것 같은 문제가 나왔다. 그런 다음 MRI인지 뭔지 하는 로켓 같은 기계에 들어갔다. 병원에 세 번을 갔는데 세 번 다 길을 헤맸다. 확실히 노망이 나려 한다.

그 전날 세탁소에 가려고 길을 나선 순간, 뒤에서 "사노 선생님!" 하고 부르는 목소리가 들렸다. 나 말인가? 선생님이라니 누구를 말하는 건가 싶어서 고개를 돌려 보니 여자와 남자가 세 명 서 있었다. 어라? 나는 그날 그 시간에 회의를 잡아두고서 까맣게 잊어버린 것이다. 굽실굽실 사과를 한 뒤에, 사람들이 굽실굽실 집으로 들어왔지만 회의할 내용이 무엇인지 전화로 들었는데도 도무지 떠올릴 수 없었다.

차를 끓이며 이런저런 이야기를 나누는 와중에 점점 감을 잡았다. 엄마가 치매 초기에 실로 요령 좋게 우리를 속여 넘겼던 일을 떠올렸다.

감을 잡은 순간 나는 거침없이 의견을 내뱉는 건방진 할머니가 되었고, 혹시 상대가 (요즈음 일로 만나는 사람들은 전부 아들의 동년배거나 아들보다 어리다) 나를 머리가 팽팽 돌아가는 할멈으로 여기지 않을까 하는 생각도 들었지만 실은 나이를 먹어서 뻔뻔해졌을 따름이다. 나는 노망이 들고 있다.

오늘 또 노인 병원에 갔다. 결과를 듣기 위해서다. 만약 초기라도 치매가 시작되었다면 해야 할 일을 정리하고 돈 계산이나 내가 들어갈 요양원 수속 등을 끝내야 한다. 홀몸은 남에게 기대서는 안 된다. 특히나 나는 스스로 원해서 홀몸이 된 게 아닌가. 잘 자란 도련님은 나의 뇌 사진을 뷰어에 고정시킨 다음 뇌가 깨끗하네요, 전두엽이 조금 위축되어 있긴 해도 연령을 감안하면 별로 줄어들지 않은 편이에요, 하고 말했다. 칭찬이었다. 그리고 종이를 꺼냈다. 정오각형이 두 개 있는데, 왼쪽 정오각형에는 7밀리미터쯤 간격을 두고 바깥쪽에 붉은 선으로 테두리가 쳐져 있었다. 삐죽 튀어나온 부분도 있었다. 오른쪽은 스무 살의 평균 능력이라고 했다. 놀랍게도 나는 모든 면에서 스무 살의 능력을 웃돌았다. 그중에서도 기억력은 특히 좋아서 튀어나온 거란다. 어안이 벙벙했지만 기쁨이 샘솟았고 기운도 났다. 도련님에게 마음속으로 감사 인사를 하며 차를 탔다.

그리고 또 길을 잃었다. 같은 장소를 두 번이나 맞닥트렸다.

이건 뭔가, 틀림없이 노망이 난 게 아닌가. 대체 내가 한 검사는 뭐였단 말인가. 의학은 또 뭔가. 집으로 돌아와 텔레비전을 켰더니 채널 세 군데에서 치매 관련 방송을 하고 있었다. 의사가 나무, 개, 기차라고 말했다. 내가 받은 검사와 판에 박은 듯 똑같아서 놀랐다. 100부터 7씩 빼는 테스트도 나왔는데, 그 검사도 받았다. 거의 20년 전부터 테스트가 완전히 똑같은 까닭은 대체 무엇인가. 고양이, 주먹밥, 자전거라면 안 될 이유라도 있는 건가.

내 상태가 수상쩍으니까 병원에 가보라고 권한 사쿠라 씨에게 전화를 걸었다.

"나 멀쩡했어." "정말?" "나이에 걸맞은 상태래." "흐음." "기억력은 특히 뛰어나다는데."

사쿠라 씨는 "다행이네"라고 하긴 했지만 어딘지 불만스러운 말투였다. "우리 집 사람들은 장수하잖아. 모두 죽고 없는데 나만 머리가 말짱하면 슬플 것 같지 않아?" "그런 미래가 절로 그려지네"라고 내가 말하자, "나도 그려져"라고 사쿠라 씨가 대꾸했다.

그러다 갑자기 "네가 건망증이 심한 건 일상생활에 문제가 있기 때문이야. 뭐든 야무지지가 않으니까"라고 공격해왔다. "안 야무지게 사는 편이 행복한걸." "그러다 매사에 나태해진다고. 행복한 사람의 인생은 대부분 별 볼 일 없잖아. 재미도 없고 시시하고." "난 노후쯤은 행복하게 보내고 싶은데." "뭐, 넌 남달리 특이한 인생을 살아왔으니까 그것도 좋겠지만, 지금 네 생활은 너무 심해. 하루에 한 번이라도 바깥 공기 좀 쐬." "그러는 너도 거의 집에 틀어박혀 있잖아. 가는 데라곤 우리 집밖에 없다고 했으면서." "그건 사실인걸." 외출을 좀 더 자주 하자, 가부키나 분라쿠, 라쿠고 같은 전통 공연을 보러 가자, 그러자, 그게 좋겠다 하고 의기투합했다. 하지만 분명히 실행에 옮기지는 않을 것이다.

한자를 점점 까먹어서 조금 부끄럽다는 생각에, 전자사전을 사러 라옥스전자 제품 판매점에 가서 점원에게 사용법을 물어보았다. 하지만 찾는 글자가 나올 때까지 버튼을 몇 번이나 눌러야 하는 게 귀찮아서 포기했다. 한자빨리찾기 사전을 꺼내 펼쳐봤더니, 전부 읽을 수 있지만 전부 쓸 수 없었다. '소외疏外'는 읽을 수 있어도 '소疏'라는 글자는 까먹었다.

'희롱거리다巫山戱る' 같은 어려운 글자는 읽을 수 있다. 대체 뇌는 어떻게 생겨먹은 건가. 어째서인지 우리는 동정과 보호를 받는 신체 장애인은 나쁜 짓을 하지 않는 선량한 사람들일

거라고 생각한다. 이것이야말로 차별이 아닌가. 이런 사고방식은 신체 장애인에게 부담을 준다. 나쁜 짓이야말로 건강한 사람과 똑같은 행동 아닌가. 그러나 정신에 장애가 있으면 오로지 멸시받을 뿐이다. 사람들은 결코 그런 이들에게 다가서지 않고 멀찍이 떨어져 있으려 한다. 그리고 그들 대부분이 무시무시한 흉악 범죄를 일으킬지도 모른다고 생각한다. 노망은 인격이 파괴되어서 치매라고 인정되는데, 대체 어디서부터 어디까지를 인격이라고 부르는 걸까. 치매 환자를 두고 예전의 훌륭한 그가 아니다, 인격이 바뀌었다, 다른 별에서 온 사람처럼 변했다고들 하지만, 모든 것을 잊어버린 주름투성이의 갓난아기 같은 엄마를 외계인이라고는 여길 수 없다. 갓난아기로 태어나 어른이 되었고, 아기를 낳아 기르고, 화내고 울고 고함치고 웃고, 차곡차곡 돈을 모으고, 며느리와 서로 으르렁거렸던 엄마와 모든 것을 잊어버린 엄마는 역시 같은 사람이다. 기저귀를 갈 때 도저히 이 세상의 것이라고는 생각할 수 없는 거뭇거뭇한 주름투성이의 이상한 형태를 보면 '이 엉덩이로 아기를 일곱이나 낳았구나'라는 생각이 든다. 다른 별에서 온 외계인의 엉덩이가 아니다.

엄마의 뇌도 엉덩이처럼 이상하게 생겼을까. 설령 그렇다 하더라도 이 뇌와 몸으로 사랑을 했고, 이 뇌로 하찮거나 심각한 거짓말도 했고, 노래도 불렀다. 외계인의 뇌가 아닌 인간의 뇌다.

텔레비전에서 원래 영국의 저명한 음악가였지만 알츠하이머병에 걸려서 기억이 7초밖에 유지되지 않는 사람의 다큐멘터리를 방영하고 있었다. (내 정보는 거의 텔레비전에서 얻은 것이라 부끄럽다.) 10년 동안이나 그런 상태라서, 부인이 같은 질문을 하면 대답은 하지만 7초 뒤에는 잊어버린다.

부인은 논리를 추구하며 조리 있는 대화를 원한다. 10년이나 지치지도 않고 논리와 조리를 좇으며 허무함에 눈물을 흘렸다. "이제 그이는 죽었어요"라고 하며 이혼하고 외국으로 갔지만 결국 다시 돌아왔다. 그리고 또다시 끝없이 논리를 추구한다.

그 방송을 보고 영국인(?)은 저렇구나, 라는 몹시 큰 진리를 깨달은 듯한 기분이 들었다. 면회를 가도 그 사실을 까먹으니 매일 가도 부질없다며 한 달에 한 번만 간다. 그리고 눈물을 흘린다. 까먹어도 괜찮지 않은가. 남편이 저리도 즐겁게 웃고, 같은 질문에도 똑같이 대답해주는데. 의사소통은 말로만 이루어지지 않는다. 분위기와 촉감도 대화의 수단이다. "오늘은 몇 월?" "6월." "노, 5월." "이건 뭘까요?" "꽃." "무슨 꽃?" "몰라요." "데이지, 데이지예요." 부인은 운다.

무뚝뚝한 일본인은 속마음을 알 수 없어서 기분 나쁘다고들 하지만, 적은 말수 속에 따뜻한 마음과 측은지심이 숨어 있는 게 아닐까. 나는 짐짓 똑똑한 척 생각해보았다.

소면과 어제 먹다 남은 평지나물 깨소금 무침에 두부 튀김을 먹었다. 먹고 나서 보니 미역과 오이와 양하 초절임이 있어서 또 그것만 먹었다. 배가 다 차지 않은 건지 이걸로 충분한 건지 판단이 서지 않았다.

4시쯤 모모 언니가 왔다. 모모 언니는 일흔여섯이다. 언니는 집에 들어오자마자 푸념을 늘어놓았다. "아 글쎄, 내가 왜 그런 말을 들어야 해? 참 나." "……." "M이 '모모 씨는 맛을 모르니까 양만 많으면 되죠?'라잖아. 버릇없게." 모모 언니와 나는 먹을 게 부족했던 유년기와 청소년기를 보냈기 때문에 음식에 대해 예민하게 반응한다. 우리는 빨리 먹는다. 언제 폭탄이 떨어질지 모른다, 빨리 먹지 않으면 형제들에게 빼앗긴다는 인식이 각인되어 몇십 년이 지나도록 사라지지 않는 것이다.

모모 언니는 손이 커서 나에게도 M에게도 비싼 일본 요리나 초밥, 장어를 아낌없이 사준다.

언니랑 나는 "이렇게 맛있는 음식을 먹다니 천벌 받을 것 같아"라는 둥 "이런 음식을 먹을 수 있다니, 그땐 생각도 못했지"라는 둥 정말로 감개무량하며 젓가락을 놀린다.

"M은 독거노인인 내가 외로울까봐 어울려준다는 식이라니까. 그 앤 굶어본 적이 없으니까 당연하지." "흐음."

"내가 스무 살이나 더 많은데! 윗사람을 대하는 말투가 아니야." 아, 뜨끔했다. 나도 올바른 경어 사용법을 모른다. 윗사람을 대하는 태도도 모른다.

"정말 열 받아. '밥'이라는 단어 말이야, M은 고양이 밥으로 도미를 준다고 하잖아. 고양이 밥은 '먹이'라고 해야 한다고. 고양이한테 도미 주는 것도 용서가 안 돼. 고양이는 말린 생선 대가리로 충분한데."

모모 언니는 나이를 먹으며 울화통이 터지는 일이 늘었다고 한다. 나도 마찬가지다. 외로운 독거노인은 주변에 화낼 소재가 떨어지면 점차 천하와 국가를 논하며 울분을 토한다.

하지만 일본의 할머니가 천하와 국가를 근심해봤자 천하와 국가는 조금도 바뀌지 않는다. 천하와 국가는 더더욱 안 좋은 방향으로 흘러갈 따름이다. 천하와 국가는 50년 전에 비해 몹시 커졌고, 지금도 커지고 있다.

이라크 전쟁으로 불탄 마을에 사는, 눈이 뎅그렇고 이마가 번들거리는 먼 나라 소년이 텔레비전에 나오면 나는 열한 살에 죽은 오빠를 떠올린다. 오빠는 커다란 눈에 불안을 담고 이마를 번들거리며 비쩍 마른 채 살다 죽었다. 50년 전에 나는 이라크라는 나라가 있다는 사실도 몰랐고, 어떻게 생긴 사람들이 살고 있을지 상상해본 적도 없다. 그러나 지금은 무수히 많은, 정리할 수조차 없는 정보의 단편들이 나 같은 늙은이한테까지 쏟아져서 세계를 더더욱 이해하기 힘들어졌다. 나는 아무것도 모른다. 꽃 한 송이의 생명조차 이해할 수 없다.

다만 아는 것이라고는 나 자신조차 파악하지 못한 채 죽는 다는 사실이다.

요즘 젊은이들이 먹을 것에 대해 어떻게 생각하는지도 모르 겠다.

모모 언니는 줄곧 역정을 내고 있다. 라디오에서 마흔 살 여 자가 "급식 시간에 학생들한테 '잘 먹겠습니다'라는 인사를 시 키는 건 당치 않다"고 말했다고 한다. 누가 공짜로 주는 게 아 니라 급식비를 내고 먹는 밥이며, 설령 국가에서 보조금이 나 온다 해도 그 돈은 우리의 세금이라는 요지였다. "정말로 그 랬어?" 나는 깜짝 놀랐다. "그 여자는 집에서 밥 먹을 때도 '잘 먹겠습니다'라고 안 한대?" "알 게 뭐야. 진짜 상상도 못할 일 이야. 말도 안 돼. 뭐든지 간에 형식이 없어지면 인간은 끝이라 고." 나는 뜨끔했다. 내 형식도 엉망진창이다. 여하튼 나는 그 여자네 집에서 식사를 할 때 "잘 먹겠습니다"라고 하는지 마 는지에만 신경이 팔려 있었다. "잘 먹겠습니다"라고 하지 않은 식사란 어떻게 시작되는 걸까. "잘 먹었습니다"라고 하지 않은 식사란 어떻게 끝나는 걸까.

"난 자식이 없어서 진짜 다행이라니까. 이런 세상에 내 자 손을 남기고 싶지 않아." 참 나. 때마침 우리 집 자손이 불쑥

들어왔다.

"실례가 많습니다." 모모 언니는 마흔 살 아래의 남자에게 깍듯이 인사했다. "아, 안녕하세요." 자손은 굼뜨게 말했다. 굼뜨게라도 말하기 시작한 건 요즘 들어서다. 얼마 전까지만 하더라도 "아"라고 할 뿐이었다. 그전에는 "아"도 없이 흘끗 노려보기만 했다. 나는 최근에야 자손이 수다쟁이라는 사실을 깨달았다.

오늘 나는 깜짝 놀랐다. 얼마 전까지만 하더라도 칠칠치 못함과 무례함의 대명사였던 자손이 모모 언니에게 "요즘 젊은 애들은 도통 예의가 없어요"라고 하는 것이다.

"그 녀석들, 뭘 생각하는 건지 모르겠어요." 벌린 입을 다물 수 없다는 관용구는 바로 이런 상황에 들어맞는 말이다.

사람은 나이가 들면 성장하는 것인지, 늙어가는 것인지, 보수적으로 변하는 것인지 모르겠다. 나는 아연실색했다.

모모 언니는 집으로 돌아갈 때 "요코, 너 자식 참 잘 키웠구나"라는 말을 남기고 종종걸음으로 사라졌다. 역시 모모 언니는 아이를 키워본 경험이 없으니 낙천적이라서 좋겠다. 자식이 10년이나 말 한 마디 하지 않았던 현실을 모르는구나. 슬픔과 기쁨이 뒤섞인 기분이 들었다.

"대견한데? 저런 우익 할머니랑 대화도 나누고." 자손을 칭찬하자 "난 상대에 따라 이야기를 맞출 수 있거든. 엄마는 뿌리를 박고 움직이질 않으니까 자기중심적인 거야" 하고 시비를 걸어왔다.

"뭐라고? 내 어디가!" "거봐, 엄만 솔직하게 '맞아'라고 인정하는 법이 없다니까." "하지만 난……." "봐, 금방 '하지만', '그렇지만' 하고 반박하잖아." "그런 적 없어." "방금도 말했잖아. '그런 적 없어'라고." 나는 입을 다물었다. 나도 엄마가 "그런 적 없어"라고 말할 때가 가장 싫었다. 풀이 죽었다. 나는 우리 엄마랑 똑같은 건가. 이건 유전일까. 좀 더 빨리 말해주었더라면 좋았을 텐데. 앞으로 조심해야지.

"나, 다른 사람이랑 얘기할 때도 그래?" "나야 모르지. 하지만 분명 그럴걸?" 나는 끝내 말을 잇지 못했다.

입을 다문 채 쓰레기 버릴 준비를 했다.

"너도 쓰레기 좀 버려. 맨날 엄마만 시키고." "그런 적 없어!" 자손은 큰 소리로 외쳤다.

밤늦게 나라의 여동생한테서 전화가 왔다.

"언니, 미안." "왜?" "있었어." "뭐가?" "엄마 기모노." 너도 노망이 든 거냐. 아니, 너는 원래 그랬다. 아니, 역시 노망인가.

얼마 전 나는 우리 집에 딱 한 벌 있던 엄마의 잔무늬 기모노를 여동생에게 주려고 했다. 사실 나에게는 안 어울리는 데다가 솔직히 집에 있는 게 귀찮기도 했다. 하지만 남에게는 주고 싶지 않았다.

그때 여동생은 이렇게 말했다. "필요 없어, 난 기모노 입지도 않는걸." "뭐? 너 엄마 녹색 명주 기모노랑 나들이용 기모노 들고 갔잖아?" "그런 적 없어. 본 적도 없어. 절대 아냐." "정말이야? 입고 다니려고 했잖아. 내 나들이용 토끼 무늬 기모노 갖고 싶다고 한 적도 있고." "언니, 그만해. 없는 얘기 지어내지 마. 난 기모노를 입지도 않을뿐더러 앞으로 입을 계획도 없으니까." 나는 엄마와 취향이 맞지 않아서 아무리 비싼 기모노라도 가지고 싶지 않았다. "그럼 어디로 간 거지?" "몰라. 언니 집에서 찾아보면 나오는 거 아냐? 어쨌든 난 모르는 일이야." 이런 한심한 말싸움을 했기 때문에 나는 울화통이 터졌다.

"넌 맨날 그래. 중국 카메라 때도 그랬잖아. 그때 내가 말했지. 세상에 절대라는 건 없으니까 절대라고 말하지 말라고. 넌 수건 한 장 어디 뒀는지 따위 별것도 아닌 일로 20분 30분씩 집요하게 굴잖아. 하찮은 일에도 '절대로, 절대로'라고 하면서. 정상이 아냐. 짜증날뿐더러 싸울 가치도 없어. 너희 집에 가면 아침부터 부부가 쌍으로 아무래도 좋은 일을 가지고 잔소리를 해대서 시끄럽단 말이야." "그건 남편이 그러는 거야." "부부끼린 괜찮아. 하지만 남들한테도 그러면 미움 받는다고." "그러니까 사과하고 있잖아." "사과하는 게 문제가 아냐. 항상

자기 기억이 옳다는 법은 없어. 게다가 인간은 누구라도 완벽하지 않으니까." 드물게 동생은 잠잠했다. 그런데도 나는 말을 멈추지 않았다. "너도 나이가 있으니까 슬슬 건망증이 심해지는 걸 염두에 두는 게 좋아." 여동생은 흔치 않게 수긍했다. "그러네." "그럼 기모노는 필요 없지?" "응, 필요 없어." "알았어." 뒷맛이 개운치 않아서 기운이 빠졌다. 항상 이런 식이다. 일단 화가 나면 반쯤 미쳐버린다. 말하지 않았더라면 좋았을 텐데.

아무리 여동생이라고는 해도 남들에게 미움 받을 거라는 얘기를 잘도 했다.

친구들은 이런 나와 어울려준다. 모두들 나를 참아가며 어울려주는 것이다. 모두들 아, 또 저런다, 요코가 또 저런다고 속으로만 생각하겠지. 남이 어떤 의견을 말하면 나는 반드시 획 하고 반대편으로 날아가버린다. 지금 생각해보니 그 이상 열을 올려 말하는 사람은 없었던 것 같다.

그런 게 어른의 태도겠지. 나는 어른이 덜 된 것일까. 점점 풀이 죽는다. 여동생도 지금 풀이 죽어 있을까, 아니면 화를 내고 있을까. 곧바로 사과하는 게 좋을지도 모르겠다.

아니다. 그 녀석도 바보가 아닌 이상 나름대로의 방침을 세우겠지. 나는 조금 시간을 두기로 했다. 그 시간이 어느 정도일지는 모르겠지만, 틀림없이 내내 그 일을 마음에 둘 것이다.

나는 일평생 같은 실수를 반복해온 듯하다.

나는 깨달았다. 사람을 사귀는 것보다 자기 자신과 사이좋게 지내는 것이 더 어렵다는 사실을. 나는 스스로와 사이좋게 지내지 못했다. 그것도 60년씩이나.

나는 나와 가장 먼저 절교하고 싶다.

아아, 이런 게 정신병이다.

어느 책을 보더라도 스스로를 좋아해야 한다는 말이 나온다. 그런 문장을 볼 때마다 생각했다. '스스로를 좋아하다니 바보 같군. 그랬다가는 점점 멍청해질 게 뻔하지. 자기한테 반한 사람은 발전이 없으니까.' 책을 읽을 때조차 반대편으로 휙 날아가는 것이다.

텔레비전이 켜진 채로 있었다. 이불을 뒤집어쓰고 보고 있노라니 히틀러 암살 계획에 관한 영화가 나왔다. 온 나라 사람들이 히틀러의 꼭두각시로 변했다. 가장 가까운 사람들조차 히틀러의 말에 맹목적으로 따른다. 나도 측근이 되면 의견 따위 내세우지 못하겠지. 목숨이 아까우니까. 몇만 명의 생명보다 자기 목숨이 아까운 것이다. 울분을 참지 못하고 히틀러 암살 계획을 세워봤자, 실행에 옮기기도 전에 들켜서 개죽음을 당하겠지.

내가 히틀러였다면, 하고 상상했더니 기분이 나빠져서 그만뒀다. 어쩌면 사람은 모두 작은 히틀러일지도 모르고, 또 한편

으로는 압제정치에 짓밟히는 시민일지도 모른다. 이렇게 생각
하는 게 어른인 걸까.

정말로 터무니없는 녀석

2006년 가을 X월 X일

나, 예순여덟. 생애 최초로 남자 밝힘증 만개. 바람둥이, 불륜, 양다리나 문어발, 삼각 사각 관계 환영, 단 조건은 젊을 것, 일부를 제외하고 쉰 살 이상 불가, 미남 추남 가리지 않음…… 기타 등등. 그 마음은 보살 혹은 짐승.

매일이 즐거워서 견딜 수 없다. 마치 드넓은 하늘로 풀려난 새 같다. 내가 누구에게 달라붙건 우는 사람은 한 명도 없다. 나도 전혀 상처 받지 않는다. 망상이 아니라 제정신이다. 돈이 약간 들긴 하지만 재산을 탕진할 정도는 아니다.

"아아, 한류는 행복이었어!" "한류의 바다에 빠져 죽을 지경이었지. 하지만 지금은 떠올리면 토가 나와." "응, 욘사마 징그러워." 제사를 지내고 돌아오는 차 안에서 여동생과 나눈 대화다. 운전석에 앉은 젊은 남자가 말한다. "너무하네. 한때 사랑했던 남자잖아. 그건 좀 아니지 않아?" "토가 나오는 걸 어떡해." "욘사마 불쌍하다." "아하하하." 나는 태연자약하다.

여동생은 어떨지 모르지만, 그날 이후 나의 남자 밝힘증은 절정에 이르렀다.

원빈은 아시아 최고의 미남, 이병헌은 목울대로 감정을 표현하는 연기파, 최민수는 배우 미후네 도시로를 젊고 샤프하게 만든 어두운 매력의 섹시한 남자…… 그리고 끝없이 펼쳐지는 바람기의 여행, 이국의 남자라서 그렇겠거니 여기던 어느날, SMAP의 멤버 가토리 신고에게 빠져들었다. 날마다 만나고 싶은 나머지, 기어이 그가 출연한 미타니 고키^{극작가 겸 연출가}의 드라마 〈HR〉 DVD를 상자째 사고 말았다. 그러다가 가부키 배우 나카무라 시도에게도 마음을 빼앗겼다. 저 바보스럽고 천진난만한 불량스러움을 우리 아들에게도 이식하고 싶을 정도다.

스캔들이 터져도 상관없다. "뭐 어때, 연기자인걸. 시청자는 모범생 배우 따윈 원치 않으니까 하반신 정도는 멋대로 쓰게 내버려둬. 와이드쇼에 나오는 아줌마, 발끈하지 말라고. 사회자인 구사노 당신도 마찬가지야, 그러는 당신은 한 점 부끄럼 없는 인생을 살아왔어? 스캔들 가지고 뭐라고 할 때 보니까 양심에 찔린 듯이 눈동자가 흔들리던데."

모두들 스기타 가오루^{방송에서 자신의 이혼에 대해 거침없이 말한 배우}처럼 되면 좋겠다. 스기타는 요즘 보기 드문 훌륭한 여자다. 와이드쇼는 일본을 망치고 있다. 책임감 없는 해이한 태도로 남의 트집은 그만 잡으시길. 정의와 위선에 빠져 허우적대지 마시길.

와이드쇼는 전 국민을 비겁자로 만든다. 국회의 야당 같다. 온갖 것에 꼬투리 잡기 전에 자신의 정책을 구체적으로 전개하란 말이다. 그렇다고 여당이 훌륭하다는 건 아니지만 남의 잘못을 물고 늘어지는 태도는 비겁하다. 지금은 비겁자가 정의처럼 여겨지지 않는가.

예순여덟은 한가하다. 예순여덟은 찾는 이가 아무도 없다. 예순여덟의 할머니가 무얼 하든 말든 관심을 두는 사람은 없다. 외롭냐고? 농담 마시길. 살날이 얼마 없으니 어린아이처럼 살고 싶다. 생각해서는 안 될 일을 생각하고 싶다. 그리고 나는 텔레비전을 보고 있다. 오래전부터 느꼈지만 오사마 빈 라덴이라는 인물은 풍채가 훌륭하다. 철학적이며 지적인 모습이 기품 있고 평온하게 느껴지며, 눈에 깊이가 있다. 전 세계 사람들이 증오하는 사람이긴 해도.

부시를 보면 몹시 부끄러운 인류의 얼굴이라는 생각이 든다. 빈 라덴이 어떤 악당인지는 잘 모르겠지만 우리는 아무런 진실도 알지 못한다. 사고방식의 기준 따위, 적어도 나에게는 없다. 9·11 테러로 3천여 명의 사람들이 죽었지만 아프가니스탄과 이라크에서는 4만 명 이상의 시민이 죽었다. 이런 게 정의인 걸까. 하지만 내가 지금 말하는 건 정의에 대한 이야기가 아니다. 사람의 겉모습에 대한 이야기다. 나는 대담한 테러를 실행한 아프가니스탄 테러 집단의 속사정도 모르고, 아프가니스탄 국민은 무얼 먹는지, 어떤 바람이 불고 어떤 먼지가 흩날리는지도 모른다.

다만 수염을 기른 길쭉한 얼굴에 터번을 두른 빈 라덴이 검소해 보이는 민족의상을 입고 서 있는 모습을 보면, 호감 가는 인상이라는 느낌이 든다.

북한의 김정일은 오히려 파악하기 쉬워서 안심된다. '아, 싫다, 정말로 터무니없는 녀석이다.' 마음 놓고 이런 생각을 할 수 있다는 점이 좋다.

빈 라덴에게는 인도 걸인의 분위기가 감돈다. 인도의 걸인은 어째서 그렇게 철학적으로 보이는 것일까.

쉰이 넘으면 자신의 얼굴에 책임을 지라는 말이 있다. 대체 무슨 소리인가. 한국의 성형 미녀들은 성형외과 의사에게 책임을 지라고 해야 하는 건가.

예순여덟 먹은 할머니는 텔레비전에 나오는 얼굴만 본다.

텔레비전의 얼굴에는 실체가 없다. 겉모습만 있다. 나는 정치인 하마다 고이치, 속칭 하마코가 무척 좋아졌다. 예전에 하마코는 국회에서 난투극이 벌어질 때마다 언제나 한가운데에 있어서, 일본 국민으로서 창피했다.

이제는 망상 속에서 배우 미쿠니 렌타로와 하마코 중 누구랑 데이트하고 싶냐는 질문을 받으면 단연 하마코를 고른다. 정말로 귀여워서 어쩔 줄을 모르겠다.

그렇다. 일흔이 가까워지니 거의 대부분의 남자가 귀엽다. 나는 섹스리스라서 할머니긴 해도 내가 여자인지 남자인지 분간이 안 된다.

사람과(科)의 대표 혹은 부처님, 그것도 아니면 악령일지도 모른다.

누구라도 껴안을 수 있다. 지금보다 서른 살 젊었다면, 20년 만에 만난 잘생겼던 남자를 현관에서 "잘 지냈어?" 하며 껴안지는 못했을 것이다. 예전에는 변태 중년 여자라는 소리를 듣기도 싫었고 행실에도 신경 써야 했으며 태도도 분명히 해야만 했다. 그 남자를 껴안으면서 '아아 당신도 잘 살아냈구나. 이 체온으로, 이 뼈로, 이 피부로. 사람은 사랑스럽고 그리운 존재구나'라고 생각했다. 나는 아이다 미쓰오처럼 변했다.

1년 만에 만난 30대 여자 지인을 "이야, 오랜만이야" 하고 껴안는다. 아, 아직 가슴이 크구나. 몸은 팽팽하게 탄력 있고. 당신, 앞으로 인생의 고난이 차례로 찾아올지도 몰라. 하지만 사람은 그걸 극복하고 살아가는 존재니까. 문득 이런 생각이 들었다. 나에게도 30대 시절이 있었구나, 하지만 그 당시에는 자각하지 못했구나. 그때는 무아몽중이었다. 아, 무아몽중이라니 어떤 느낌인지도 잊었다. 인생은 짧으니 사랑하라 아가씨여〈곤돌라의 노래〉가사의 일부. 요즘은 30대도 아가씨다.

　손님이 돌아갈 때도 껴안는다. "즐거웠어. 다음에 또 와."

　아들이랑 싸운 뒤 빗속으로 차를 몰고 나갔다. 갈 데가 없어서 사흘 전쯤 갔던 가장 가까운 친구네로 갔다.

　"바보 아들이랑 싸웠어." 부인을 껴안는다. 남편도 껴안는다. "우리 집도 그래." 남편은 내 등을 두드리며 말했다. "마사미는 지금 집을 나가버렸어." "내 말 좀 들어봐." 세 사람이 합창하며 웃어젖혔다. "난 말이야, '너 지금 나가는 거야?'라고 물어봤을 뿐이야" "난 마사미가 큰소리치지 말라기에 그런 적 없다고 외쳤더니 봐, 지금도 큰소리치잖아, 라고 하더라고. 그때부터 점점 분위기가 심각해져서 싸움이 커졌다니까. 아, 열받아" 하고 다시 눈에 핏발을 세우기 시작했다. "나는 '날 도대체 왜 낳았어?'라는 말도 들었어. 중학생이나 할 법한 소리잖아. 정말로 화가 나." 나는 울음을 터트리고 말았다. 그런 다음 다 함께 웃었다. "있잖아, 인생이란 이렇게 하찮은 일이 쌓여가는 것일까?" 너무도 우스꽝스러운 나머지 바닥을 구르며 웃었지만, 왠지 기분이 상쾌해지지 않았다.

　이삼일 뒤에 전화벨이 울렸다. 마사미였다. "오늘 떠나요." "부모님이랑 화해했어?" "아뇨, 그때부터 쭉 친구 집에 있었어요. 아직 말 안 해요. 아빠 스튜디오에 쭉 틀어박혀 있는 걸요. 나도 열 받으니까 이대로 가려고요." "우리 집 바보 아들은 잔뜩 삐쳐서 집에 돌아왔어. 아하하." "하하하." "건강 조심하고. 다음엔 언제 오니?" "반년쯤 있다가요. 요코 아줌마도 건강히 지내세요." "쪽쪽." 마사미는 뉴욕으로 돌아갔다.

또다시 텔레비전을 틀었다. 어딘가의 개 동물원이 망해서 몇백 마리의 개들이 버려졌다. 자원봉사자가 한 마리씩 우리에 넣고 뒤치다꺼리를 하지만 개들은 병에 걸리고 비쩍 말라 눈 뜨고 볼 수 없었다. 인간은 어쩌면 저리도 제멋대로인지. 그래도 이 방송이 나가고 전 일본의 개 애호가들로부터 연락이 쇄도하면 형편이 나아지겠지.

이삼일 뒤, 몇천 명의 사람들이 개를 데려가려고 모여서 야단법석이었다. 잘됐다, 다행이다. 그러나 곧 경악을 금치 못했다. 개를 데리고 가는 사람에게 자원봉사자가 조건을 내건 것이다. 그 조건이란 '집 안에서 기르기, 밖에서 기르지 말기'였다.

뭐, 뭐라고? 개는 원래 밖에서 기르는 동물이 아닌가? 집채만 한 개도 있었다. 소형견만 있던 게 아니다. 옛날에 개는 제각각 기르는 목적이 있었다. 양 지키기와 사냥 등의 일을 하려면 밖에서 지내는 게 당연했다. 짐승이기 때문이다. 개는 인간이 아니다. 눈 속에서 썰매 끄는 게 일인 개도 있다. 각자 맡은 일을 하면서 개와 인간은 서로 사랑하고 신뢰했다. 개의 기질 및 본능과 어우러져 살아왔다.

도시의 개에게도 문지기라는 임무가 있다. 도둑을 내쫓기 위해 기르는 것이다. 수상한 사람이 오면 짖는다. 옆집에서 기르던 개는 수상한 사람이 오면 꼬리를 동그랗게 말고 조용히 있으면서 주인만 보면 미친 듯이 짖어서 우리는 배를 움켜잡았다.

요즘은 개를 산책시킬 때 안고 다니는 사람도 있다고 한다.

아, 지구는 망해가고 있다. 생명체로부터 본능을 빼앗으면 끝장이다. 인간의 욕구는 커져만 가는데 본능은 거의 죽어가고 있다. 본능 속에 논리를 품는다는 점이 동물과 인간의 차이다. 욕망은 권리가 아니다. 자기 아이가 갖고 싶어서 남의 배를 빌리는 건 범죄보다 심한 짓이다. 욕망은 돈이 해결한다.

인류는 망해가고 있다.

사람은 평등하지 않다. 어쩌면 사람에게는 아무런 권리도 없을지 모른다.

늙은이인 나는 배우 쓰마부키 사토시를 보면서 히죽거리면서도 한편으로는 울분을 토한다.

좁은 집구석에서 남자한테 홀딱 반하기도 하고 미친 듯이 화를 내기도 하며 행복하다.

일주일에 한 번 병원에 간다. 뼈가 아파서 링거를 맞으러 가는데 긴자를 거친다. 택시비가 비싸니 오늘은 직접 운전하기로 결심했다. 대략 한 시간의 여유를 두고 출발했다.

남이 운전하는 차나 택시를 타고 몇 번쯤 간 적이 있지만, 길을 헤맬까봐 조심스럽고도 성실한 마음으로 운전했다. 쇼와 도리를 지나자 병원이 높다랗게 우뚝 솟아 있었다. 왼쪽 앞이었다. 다리를 건너 직진했더니 병원은 왼쪽 뒤에 서 있다.

좌회전하니까 이번에는 오른쪽 뒤에 서 있다. 행인에게 물어보았다. "아, 다리 건너편이에요. 이 다리를 건너시면 돼요." 이 다리란 방금 지나온 것과 다른 다리다. 건너자 이번에는 오른쪽 앞에 우뚝 서 있는 병원.

나는 병원 주위를 몇 번이나 뱅뱅 돌며 산속에서 여우에게 홀린 기분이었다. 40분이나 빙글빙글 돌았다.

어쩔 수 없이 빈 택시 앞에 서서 말했다. "죄송한데 ××병원으로 가주세요. 전 뒤따라갈게요." 빈 택시를 따라가니 3분 만에 도착했다.

나는 머리털 나고 처음으로 타지도 않은 택시 요금을 냈다.

한 시간 반 동안 침대에서 책을 읽으며 링거를 맞았다. 펭귄과 함께 사는, 아직 죽지는 않았지만 죽을 날이 다가오는 사람들의 사망 기사를 쓰는 남자의 이야기였다.

집으로 돌아오면 펭귄이 현관에서 기다리고 있고, 걸어가면

철떡철떡 따라온다. 평소에는 소파 맞은편에 꼼짝 않고 서서 잠을 잔다. 때로는 곁으로 다가와 남자의 배에 머리를 대고 둥글둥글 문지른다. 산책할 때 데리고 나가지만 마을 사람들은 펭귄이 보이지 않는다는 듯 눈길도 주지 않는다.

펭귄은 냉동 대구를 먹는다. 남자는 출장을 가면서 아는 순경한테 펭귄 먹이를 주도록 부탁했고, 순경은 흔쾌히 그 부탁을 들어준다. "그거야 식은 죽 먹기죠."

나는 펭귄하고 같이 살고 싶어졌다.

펭귄은 내가 텔레비전을 보는 소파 뒤에서, 나와 한마음으로 김정일의 모습을 내내 함께 지켜봐줄 것이다.

점쟁이 호소키 가즈코가 닷키^{아이돌 가수 겸 배우인 다키자와 히데아키의 애칭}한테 쓸데없이 친한 척을 하는 장면을 보다가 "일본에서 최고로 거만한 저 여자, 정말 짜증나. 닷키랑 사귀는 거야?" 하고 화내며 뒤돌아보면, 펭귄도 성난 얼굴로 꽥꽥거리며 고개를 갸우뚱거리겠지.

가끔씩 얼음을 채운 욕조에 펭귄을 넣어줘야겠다. 어느 날 텔레비전에서 남극의 펭귄 무리가 나오면 펭귄은 캬오, 하고 딱 한 번 운다. 나는 펭귄을 돌려주려 남극까지 갈 것이다.

링거를 다 맞고 진료를 기다리던 중에 간호사가 "이거 두고 가셨어요"라며 브래지어 패드 하나를 가져다주었다.

이제는 없는 '가슴' 자리에 올려둔 패드가 속옷이 틀어지며 떨어졌나 보다.

이 병원의 젊은 의사 선생은 근사하다. 나는 일주일에 한 번 젊은 선생과 만난다는 생각에 옷을 사기도 한다. 무엇을 위해서냐고? 나 자신의 기분을 위해서다. 담당의가 거만한 늙은이였다면 잠옷 위에 코트를 걸치고 왔을지도 모른다.

"좀 어떠세요?" 의사들은 나쓰메 소세키 시대부터 줄곧 "좀 어떠세요?"라고 묻는다.

"접히는 부분의 통증은 없어졌어요. 근데 이 부분이 멍든 것처럼 아파요." 나는 허벅지를 문질렀다.

"이 부분이요?" 젊은 의사는 허벅지 부근을 어루만져주었다. 깜짝 놀랐다. 남자가 무릎을 만지는 게 도대체 몇십 년 만인가.

그리웠던 손길은 한순간에 끝났다.

"괜찮아요." 의사는 뢴트겐사진을 보여주었다.

녹아내렸던 뼈가 놀랍도록 회복되어 있었다. "선생님, 고마워요." 나는 젊은 여자 같은 목소리를 냈다. "제가 고친 게 아니에요. 약이 고친 거랍니다." 아니, 약이 아니라 당신이야. "선생님 대단해요! 고마워요." "저도 기쁘네요." 의사는 귀여운 얼굴로 웃었다.

병원을 나와서 곧바로 친구에게 전화를 걸었다.

"내가 말한 의사 선생 있잖아, 자식이 셋이래." 친구는 웃으며 말했다. "그래서 뭘 어쩌려고?" 갑자기 정신이 번쩍 들었다. 앞으로 2년 뒤면 일흔이다. "뭘 어쩌겠다는 건 아니지만." 혼자서 얼굴이 붉어졌다.

흑심을 품은 게 아니다. 닷키나 나가세 도모야 같은 아이돌을 구경하듯 즐거웠을 뿐이다.

그래도 즐거운 마음은 건강에 좋다. 즐거운 마음으로 차에 탄 다음 정신을 차리고 보니 바다가 보이는 곳에 와 있었다.

나는 또다시 빙글빙글 돌았다.

다 돌고 보니 곳토도리였다.

피곤해서 차를 세울 수 있는 부티크에 들어가 예정에도 없던 매우 비싼 부츠를 샀다.

이제 곧 일흔인데도.

나는 대체 어떤 할머니로 보일까.

냉동실을 봤더니 얼린 밥이 여섯 개나 있었다.

세 개를 전자레인지에 돌리고, 한 팩에 200엔 하는 연어 뼈다귀로 만든 자반을 구워서 살을 발라낸 다음 주먹밥을 세 개 만들었다. 돼지고기가 조금 있어서 자투리 무와 파, 경수채를 넣고 국을 만들었다. 맛을 봤더니 밍밍해서 배추김치를 넣자 정체불명의 국이 되었다.

우무랑 톳이랑 정체불명의 당근 조림이 반찬통에 남아 있어서 그것도 꺼냈다. 세 쪽 남은 무절이도 주먹밥 옆에 놓고 텔레비전 앞의 소반으로 가져갔다. 텔레비전을 틀었다.

왕따 때문에 아이가 또 목을 매달았다.

연이어 일어나는 사건이다. 이런 일은 전염된다.

비행기가 추락하면 연달아 다른 비행기들도 추락하는 경우가 있다.

불쌍하게도.

아아, 인간은 이제 끝장이다.

초등학교 5학년 때, 전학 간 첫날 남자 대장에게 얻어맞았다. 교실로 돌아오자 반 전체 남자아이들이 차례로 나를 또 때렸다. 내가 울지 않았기 때문에, 다 때린 다음에 "진짜 안 우네"라고들 했다. 나는 태연했다. 괴롭힘 당한다는 생각도 없었다. 일주일이 지나자 대장은 내가 자전거를 탈 수 있을 때까지 짐받이를 붙들고 땀과 흙 범벅이 되어 함께 뛰어주었다.

대장은 선생님한테 툭 하면 얻어맞았다. 어느 날 드디어 대장은 선생님과 복도에서 맞짱을 떴다. 바닥을 데굴데굴 구르며 싸운 끝에 대장이 이겼다.

다음 학기에 대장은 반장이 되었고, 선생님과 대장은 몹시 사이가 좋아졌다.

폭력은 근사하다. 하지만 이런 말을 입 밖으로 꺼내면 나는 이 세상에 존재할 수 없겠지.

언젠가 등교거부아였던 스무 살의 남자가 말했다. "왕따는 아침에 눈을 뜨자마자 시작되는 거예요. 저녁밥을 먹을 때도 계속되지요." 나는 이 말을 듣고 놀라서 숨이 멎을 것 같았다.

연어의 하얀 뼈가 주먹밥에서 두 조각이나 나왔다.

그 애는 어떻게 되었을까.

그 애를 왕따 시킨 아이들은 어떻게 되었을까.

역시 이번에 만든 국은 도대체 무슨 맛인지 모르겠다. 제주도에서 먹은 국에서는 좀 더 깊은 맛이 났는데.

이제 서른이 된 왕따 가해자에게 이런 질문을 한 적이 있다. "네가 왕따 시킨 애가 복수하겠다고 죽이러 오면 어쩔 거야?"

"그건 어쩔 수 없죠. 전 죽겠지요."

어른이 된 왕따 가해자들은 다들 그렇게 생각하는 것일까.

가난한 학생 시절, 친구들과 바닷가에 놀러 간 적이 있다. 내가 어묵 소시지를 먹으려 하자 부잣집 여자가 말했다. "아, 싫다. 징그러워." 이모부가 니혼수산에 다녀서 이모 집에는 어묵 소시지가 산더미처럼 있었다. 이모네에서는 평범한 음식이었다. 내 뒤를 걷던 그 여자가 "요코는 치마가 후줄근하네"라며 웃은 적도 있다. 다른 친구 집에 고기만두를 선물로 가지고 갔더니 친구가 "요코가 뭘 가지고 올 때도 있네"라고 했는데, 말이 끝나기가 무섭게 그 여자는 "요코는 구두쇠니까"라고 대꾸했다. 예순여덟이 된 지금까지도, 나는 평생토록 그 여자를 용서할 수 없다. 저주를 퍼부어 죽이고 싶다고 생각했더니 그 여자가 암에 걸렸다. 당황하던 와중에 나도 암에 걸렸다. 자승자박이었다.

누구냐!

2007년 겨울 X월 X일

대형 텔레비전을 샀다. 요즘은 영화 같은 걸 볼 때 아래쪽에 뜨는 자막이 안 보이기 때문이다. 얇고 평평하고 커다란 신제품을 확 사버리자고 결심하고 집 근처의 전자 제품 가게에 갔더니 얇고 평평한 텔레비전이 2단 3단으로 진열되어 있어서 뭐가 얼마만큼 큰지도 모를 지경이었다. 나는 진열대 앞에서 최근에 텔레비전을 바꾼 친구에게 전화를 걸었다. "너희 집 텔레비전 몇 인치야?" "37인치. 왜?" "지금 텔레비전 사러 왔거든." "아, 37인치로 충분해." "응, 고마워." 말은 이렇게 했지만, 까짓것! 하며 40인치짜리를 샀다.

우리 집은 나 혼자 사는데도 텔레비전이 세 대다. 일할 때도 음소거로 하고 영상을 틀어둔다. 침실에도 있는데 아침부터 켜져 있을 때도 있다. 틀어둔 채로 잠이 든 것이다.

나는 텔레비전에서 광고가 나올 때만 집안일을 한다.

텔레비전 앞에서도 집안일을 한다. 콩나물 수염을 떼거나 풋콩 꼭지를 따기도 하고, 밤껍질을 까거나 만두를 빚기도 한다.

냄비도 텔레비전 앞에서 닦는다. 언젠가 문득 고개를 돌려보니 다 닦은 냄비가 옆에서 함께 텔레비전을 보고 있었다. 무릎 위의 반쯤 닦다 만 냄비도 같이. 그때는 조금 쓸쓸했다.

그 정도로 텔레비전이 재미있냐고? 하나도 재미없다. 무얼 보더라도 울분이 터진다. 오야 소이치는 "1억 총 백치화 사회평론가 오야 소이치가 TV 초창기에 만든 유행어. 'TV라는 매체는 저속해서 그것만 보고 있으면 전 국민이 바보가 된다'는 의미"라고 했지만, 그때만 하더라도 아직 좋은 시절이었다.

텔레비전은 정말로 국가의 비밀 정책일지도 모른다.

국민을 멍청이로 만든 다음 모종의 음모를 저지르려는 게 아닐까. 어쩌면 우주에서 지령을 받아 지구를 멸망시키려는 외계인의 계략일 수도 있다. 다른 나라의 사정은 잘 모르지만, 다이애나 비도 파파라치에게 쫓기다가 죽었다는 사실은 안다.

9·11 테러가 터진 날 에리코 씨가 우리 집에 와 있었다. 에리코 씨네는 텔레비전이 없다.

아무리 나라도 손님이 오면 텔레비전을 끈다.

전화벨이 울렸다. "엄마, 빨리 텔레비전 켜봐!" 나는 전화기를 든 채 텔레비전을 틀었다. 쌍둥이 빌딩 중 하나가 무너져서 연기가 자욱하게 일고 있었다. 연이어 두 번째 비행기가 빌딩에 꽂혔다.

"엄청나네!" 200킬로미터 떨어진 두 대의 전화에서 동시에 비명이 울렸다.

에리코 씨도 조용히 화면을 바라보고 있었다.

그리고 입을 뗐다.

"아, 고질라 영화도 저렇게 만드는 거구나."

시간이 지나면 지날수록 에리코 씨가 옳다는 생각이 든다. 에리코 씨는 자신이 볼 수 있는 범위의 세계에서 조용히 살아간다. 흔들리지 않는 세계관을 가지고 있다. 나 같은 건 정보의 쓰레기장이다.

가게 점원이 텔레비전을 설치하러 왔다. 화면에 처음 나타난 것은 고등어 된장 조림이었다. 고등어가 방석만 하게 보였다. 정말이지 깜짝 놀랐다.

좁은 우리 집 거실에 비해 지나치게 큰 텔레비전이다.

손님이 올 때마다 "이 텔레비전 뭐야?" 혹은 "진짜 크다!"라는 말을 들어서 부끄럽다.

나조차도 가까이서 찍은 러브신이 나오면 고개를 돌린다. 텔레비전이 크지 않아도 고개를 돌린다. 키스나 성교 장면은 징그럽다. 예전에 내가 저런 걸 했다니 거짓말 같다. 거짓말입니다.

나는 자막이 작아서 안 보이는 거라고 생각했는데, 요즘은 아나운서가 1분당 말하는 속도도 빨라졌을뿐더러 자막도 신속하게 사라진다고 한다. 사람들의 성질이 급해졌기 때문이다. 시청자들이 텔레비전 연속극을 1년 내내 보는 것을 감질내서, 기간이 반년에서 4개월, 지금은 3개월로 줄어들었다는 말도 있었다.

이 이야기는 에세이스트 아가와 사와코 씨에게 들었다. 사와코 씨는 연예인이기도 하니까 틀린 말은 아닐 것이다.

지금의 사와코 씨와 연예인이 되기 전의 그녀는 동일 인물 같지가 않다.

유명인을 만난다는 생각에 가슴이 두근거렸다.

사와코 씨는 머리가 좋다. 두뇌 회전이 굉장히 빠른 데다가 언제나 생글생글 웃고 있어서 만날 때마다 감탄한다.

누군가 "사와코 씨 차는 재규어죠?"라고 묻자 "네, 그런데요"라고 태연하게 대답했다. 물론 나는 재규어를 탈 처지가 아니지만, 만약 돈이 있더라도 재규어를 타는 게 쑥스러운 건 어째서일까. 사와코 씨와 헤어지고 나서도 한참 생각했다.

나고 자란 환경 탓이겠지. 나보다 나이도 한참 어리고.

성장 환경이란 중요하구나. 그건 노력해봤자 몸에 배는 게 아니다.

사람은 나고 자란 원점으로부터 벗어날 수 없다. 벗어났다고 생각해도, 보이지 않는 물질이 몇십 년 전부터 몸에 밴 냄새처럼 주변으로 뭉게뭉게 퍼져 나간다. 이래서 민주주의는 싫다.

A·B·C·D 같은 계급이 있는 쪽이 역시 마음 편하다. 나는 가난한 서민의 딸이라서 분수에 맞는지 안 맞는지를 세상만사의 기준으로 삼는다.

프라다 가방을 사도 좌불안석이다. 가방 속을 마구 휘저을 때마다 분에 넘치는 물건이라고 생각한다.

집에 손님이 몇 명 와서 현관에 신발이 산더미처럼 흩어져 있었는데, 그중 프라다의 빨간 상표가 붙은 구두가 있었다.

누구냐 이 건방진 녀석은! 알고 보니 내 것이었다. 이런 건 해서는 안 되는 일이다. 슬프다.

모처럼 커다란 텔레비전을 샀으니 비디오 대여점에서 영화라도 빌려 오자.

나는 여자인데도 전쟁 영화를 좋아한다.

전쟁물 코너에 가 보니 전부 본 영화라서 빌릴 게 없었다.

가능하면 제2차 세계대전, 베트남전 등에 대해 조금이라도 알아두고 싶다. 딱히 내가 전쟁광이기 때문은 아니다. 어째서 인류가 어리석은 비극을 되풀이하는지 알고 싶다는 고차원적인 사고에서 우러난 욕구다.

그리고 항상 생각한다. 남자들은 선량하다고. 참모는 재미있겠지. 세계지도를 펼치고 작전을 세우는 건 가상 세계의 놀이나 마찬가지다. 실제로 피를 보지도 않는 최고의 게임이다.

가상 작전은 전쟁터와 아무런 관계가 없다. 전쟁터에 있는 사람은 신분이 가장 낮은, 실제 몸뚱이를 가진 살아 있는 병사들이다. 노기 대장노기 마레스케. 러일전쟁 때 13만 명의 병사 중 6만여 명을 희생시킨 끝에 뤼순의 203 고지를 함락시켰다은 6만 명의 병사를 무책임하게 차례로 몰살시켰다.

하지만 신분이 낮은 병사도 신분이 높은 상관도 피를 흘리며 죽을 줄 알면서 사지로 간다. 좋은 사람들이다. 여자로 군대를 꾸리면 도망가거나 꾀를 부리거나 패싸움을 할 것이다. 적보다는 평소에 마음에 들지 않던 동료를 몰래 죽인다든지, 본처와 첩이 같은 부대에 배정되면 뒤에서 쏠 수도 있다. 여자에게 대의란 없다.

요즘 세상에는 여군도 많지만, 그녀들은 어쩌면 남자와 똑같은 힘이 있다는 걸 보여주고 싶을 뿐일지도 모른다. 그러나 만약 그렇다면 여자와 남자의 구분이 없어져서 단순히 모두 같은 인간이 되어버리지 않겠는가.

'애 낳는 기계'라는 말을 듣고 히스테리를 부리는 건 여자 체면을 구기는 일이다. 네네, 맞아요, 남자는 단순한 종마랍니다, 기계보다 못하지요, 모쪼록 힘내세요, 하고 웃으면 될 일을.

낳을 자유, 낳지 않을 자유라고들 말하지 말길. 아이는 하늘이 내리는 생명이다. 점지받은 생명은 모두 함께 키워나가야만 한다. 건전하다거나 불순하다는 말을 듣고 호들갑 떨지 말길. 건전만으로는 이 세상이 제대로 돌아가지 않을뿐더러, 자신이 건전하다고 생각하는 것도 잘난 척이다. 건전 따윈 없다.

나는 무슨 말을 하는 걸까.

〈아버지의 깃발〉도 〈이오지마에서 온 편지〉도 이미 본 영화다. 둘 다 전쟁이란 정말로 어리석은 짓임을 설파하는 훌륭한 반전 영화인데, 감독 클린트 이스트우드는 굉장하다. 하지만 미국은 이라크 전쟁을 멈추지 않는다. 어째서인가. 역시 전쟁을 좋아하는 게 아닌가. 평화롭고 고요한 상황이 근질근질해서 참을 수 없는 게 아닌가.

예전에 좋은 아이디어가 떠오른 적이 있다. 군인이나 병사를 예순 이상으로 제한하고, 노망든 사람이건 환자건 간에 모두 다 데려가는 것이다. 그러면 도저히 사람을 죽일 만한 상황이 아니겠지. 적군도 마찬가지다. 연금 문제도 결판나겠지. 보험을 잔뜩 들고 가세요, 나라를 위해 장렬히 죽을 수 있답니다. 걷지 못하는 할아버지한테 밥도 안 주고 죽이는 쪽이 훨씬 잔인하지 않은가. 나는 무슨 말을 하는 걸까.

지금까지 본 전쟁 영화(?) 중 가장 무서웠던 것은 〈컨스피러시〉다. 전쟁터는 한 장면도 나오지 않는다. 베를린 교외 그

뤼네발트 숲 속 나무에 눈이 내리는 풍경을 하늘에서 내려다보며 찍었다. 한가운데에 훌륭한 건물이 있다. 원래 유대인의 저택이었던 곳이다. 그곳으로 검은색 벤츠가 한 대, 두 대, 세대, 네 대 모여든다. 카메라는 이 장면을 하늘에서 보고 있다. 아름답고도 불길한 풍경이다. 무채색에 가까운 화면. 그런 다음 열일고여덟 명쯤 되는 독일 참모들이 기나긴 회의를 한다. 회의 중에는 방 하나밖에 화면에 잡히지 않는다. 원래는 무대극이었을지도 모른다.

그들은 그 방에서 유대인 말살을 결정하는 회의를 한다. 세밀한 부분은 기억이 안 나지만 여하튼 히틀러는 그 자리에 없었다. 괴벨스인지가 민족의 순혈에 대해 일장 연설을 하고 그들의 우수성을 찬미하면서, 순혈을 더럽히는 사람들에 대해 에둘러서 말했다. 즉 아무도 직접적으로 '유대인'이라고 언급하지 않고 조금씩 회의를 전개시킨 끝에, 마지막으로 유대인 말살을 결정하는 것뿐인 영화였다. 오로지 언어를 통해 한 발 한 발 중심으로 다가간다. 나는 독일어의 미묘한 차이는 모르지만, 말살로 근접할수록 언어의 강도가 점차 강해진다는 사실은 알 수 있었다. 도중에 심약한 대머리 군인은 화장실로 뛰어들어 토하기도 했다.

유대인, 말살, 독가스라는 단어도 없이 전원이 합의한 회의로 20세기 최대의 비극이 결정된 것이다. 이렇게 무서운 영화는 본 적이 없다. 정말로 엄청난 긴장감을 안겨준 영화였다.

사람은 이제 두 번 다시 전쟁을 일으키지 않을 거라며 영화를 보지만, 보는 도중에는 스릴을 추구한다. 피투성이 전쟁터의 신음 소리가 울려 퍼지는 지옥에서, 뉴욕 5번가에서는 찾을 수 없는 생의 궁극적 광채를 보는 것이다. 곤란한 일이다.

일본에서도 시골의 둘째, 셋째 아들은 군대에 지원해서 갔다. 입을 줄이기 위해서다. 지금 미국도 마찬가지다. 군인 중국회의원을 가족으로 둔 사람은 딱 한 명이고, 나머지는 전부 빈곤층이다. 이 이야기는 마이클 무어 감독의 〈화씨 9/11〉이라는 다큐멘터리 영화에서 보았다. 자막에 주연 조지 부시라고 쓰여 있었다. 나는 이렇게 정보의 쓰레기 조각을 전부 40인치 텔레비전을 통해 접한다. 예순아홉 먹은 내가 동아시아의 작은 섬나라에서, 쓰레기 조각을 자기네들 좋을 대로 편집한 방송을 보면서 화내건 웃건 간에 아무것도 바뀌지 않는다. 사람은 무엇을 위해서 사는 것일까. 중학교 1학년짜리 같은 질문을 해보지만 역시 모르겠다.

사람은 무력하다. 그리고 모두들 자신이 좋을 대로 살아가고 있다.

마작을 배웠다. 20년 전쯤 한번 해봤는데, 나에게는 맞지 않았고 룰도 잘 못 외워서 아무도 어울려주지 않았다. 하지만 마작이 치매 예방에 좋다는 소리를 듣고 최근에 다시 시작했다.

항상 세 명이 모여 마작을 하는데 아무도 정확하게 점수를 계산할 줄 모른다. 계산에 능한 사람을 부르자.

오야마 씨를 초대했다. 귀신같은 솜씨에 기가 눌려 눈 깜짝할 사이에 졌다.

핑후, 당야오, 리치, 도라 셋, 아, 뒷도라가 붙었다. 탁. 몰랐는데 마작에는 기본적인 예절이 있는 모양이어서, 오야마 씨는 담배와 라이터를 흘겨보며 소리쳤다. "개인 물품은 올려두지 마!" 네, 네. 다른 멤버들도 뜨거운 물을 탄 소주를 황급히 바닥으로 옮겼다. 나는 실력은 형편없으면서도 겉모양의 아름다움에 홀려서, 대삼원^{백, 발, 중 패를 세 개씩 모은 것}이나 만즈^{만 자가 들어가는 패의 종류}로만 패를 만들려고 한다. 왠지 만萬에 끌리는 것이다. 백白, 발發, 중中 패를 얻으려고 금방 펑을 선언하기도 한다. 내 패만 생각하다가 아무래도 쓸모없어 보이는 도라를 버리려 하자 "죽더라도 도라는 가지고 있어야 돼" 하고 오야마 씨가 낮은 목소리로 혼냈다. 그리고 도라 머리를 기다리던 오야마 씨는 론을 선언했다.

나는 실력도 없으면서 1천 점 따위로 끝내고 싶지 않아서 무턱대고 큰 점수를 노린다.

대학 입학 전까지는 마작이 세상에 존재한다는 사실도 몰랐다. 우리 집에서는 아버지가 오락을 싫어한 탓인지 여유가 없었던 탓인지, 대학에 들어간 이후 마작을 하는 동기들을 보면 불량하게 느껴졌고, 마작은 꼭 암흑가로 향하는 입구 같아서 무서웠다.

동기의 집에서 하숙하던 시절, 근처에 커다란 절의 후계자와 그의 친구인 철물점 아들, 전학련전일본학생자치회총연합의 모 대학 위원장이 살았다. 큰 절에서 마작을 할 때 친구를 따라가긴 했지만 나는 그 옆에서 혼자 놀았다. 그러자 리치, 리치 하는 소리가 어지러이 울려 퍼졌고 나는 그때마다 움찔움찔 놀랐다. 아버지 이름이 리이치였기 때문이다. 왠지 아버지 이름이 천박하게 불리는 듯했다. 그 후로도 치니, 펑이니, 멘젠이니, 류이소니 하는 일본어가 아닌 말만 들리는 데다가, 만즈 같은 용어의 어감이 모조리 지저분하게 느껴져서 나는 마작이 점점 더 싫어졌다.

게다가 절의 스님 아들과 철물점 아들이 나에게 반했다. 그때는 내가 발정기에 이르지 않았는지, 두 청년에게 "싫어!"라고 거절하고도 아무 느낌이 없었다. 사람에게 차이면 상처 받는다는 사실조차 몰랐던 것일까.

세월은 꿈처럼, 혹은 악몽처럼 흘러 일흔 가까이 먹은 내가 예전의 그 거대한 절을 이따금씩 차로 지나친다. 나는 두 번이나 이혼했으면서도 웅장한 절의 담장을 달리며 생각한다. '아깝다, 이 절에 시집갔더라면 내 인생은 어떻게 되었을까?' 그랬다면 이혼을 세 번 했을지도 모르겠다.

그때는 마작 패도 만지지 않았다.

아들이 어느 틈에 스물여섯이 되었던 무렵, 내가 자율신경실조증과 우울증으로 집에서 배설물 색깔의 애벌레처럼 굴러다녔던 그 시기에 아들의 친구들이 나와 마작을 하며 놀아주었다. 하나부터 열까지 너무 어려웠다. 내 머리는 조금도 마작용으로 돌아가지 않았다. 그 녀석들은 어수룩한 초심자인 나에게 돈을 걸었다. 나는 돈을 착착 지불했다. 함께 놀아주는 다정한 젊은이들에게 오로지 감사할 따름이었다.

"용돈 다 떨어졌으니까 슬슬 봉한테 가볼까." 녀석들이 이런 소리를 한다는 말을 다른 젊은이한테 전해 들었지만, 나는 힘없이 실실 웃으며 돈을 계속 냈다. 그런데도 전혀 실력이 늘지 않았다.

5~6년 전 기타카루이자와에서 하릴없이 시간을 죽이고 있을 때였다. 친구가 "심심한데 뭐 할 거 없나. 제스처 게임이라도 할까?"라는 말을 꺼냈다. 예순 먹은 할머니가 몸동작으로 단어를 설명하는 데다 '한약' 같은 기발한 단어도 문제로 출제되어 꽤나 재미있었지만, 한 시간쯤 했더니 질렸다. 그 자리에 있던 사람 중 하나가 제안했다. "우리 마작 해보자. 너도 조금은 할 줄 알지?" 조금도 할 줄 몰랐지만 나는 그 여자가 마작용 성격과 머리를 지녔다는 사실을 금방 눈치채고 약간 꺼림

칙한 기분이 들었다. 밖은 눈이 내리고 있었다. 소복소복 내리고 있었다. 새하얀 산길을 따라 내려가 머나먼 우에다까지 가서 마작 패에 책까지 사 왔다.

책을 읽으며 게임을 시작하니 예상대로 그 여자는 마작용 인간이었다. 나는 연달아 졌다. 연패는 우울증과 같은 기분이 든다. 살아 있으면서도 죽은 것과 마찬가지로 지루했다.

그래도 운이 좋은 것인지 나쁜 것인지 터무니없이 크게 이기기도 했다.

나조차도 이유를 모르겠다. 그러다가 또다시 연패 행진이 이어졌다. 그 여자는 명백하게 무시하는 눈빛으로 나를 쳐다보았고, 그런 속마음을 태도에도 드러냈다.

대삼원으로 이겨서 나조차 놀랐을 때도 이렇게 비꼬았다. "잘됐네, 요코. 다음번에는 대사원을 할지도 모르겠어." 하지만 내가 생각해도 나의 실력은 형편없다.

얼마 전에 간사이 여자마작대회에서 우승한 적이 있다는 여자가 왔다. 역시 강했다. 하지만 그 여자는 점수를 셀 줄 몰랐다. 아, 세는 법을 몰라도 이기면 되는구나. 옆에 있던 오야마 씨가 재빠르게 점수를 계산했다.

대형 텔레비전을 샀을 때 영화니 연극이니 채널이 많은 서비스에 무작정 가입한 모양이다. 휙휙 돌리다 보니 마작 채널이 있었다.

나는 누워서 뒹굴며 프로의 모습을 지켜보았다. 왠지 마술처럼 느껴졌다. 필요한 패를 차례차례 끌어온다. 하지만 프로들은 전혀 즐거워 보이지 않았다. 음침하게 입을 다물고 있을 뿐이다. 마작은 시시한 이야기를 나누면서 해야 제맛 아닌가? 배우 하기와라 마사토가 프로들 틈에서 경기를 하고 있었다. 요즘 격조했던 분이다. 〈겨울연가〉의 욘사마 목소리 연기 이후에 당신, 이런 걸 했군요. 대부분의 프로 마작 기사들은 마작 패처럼 각진 얼굴에 기름을 발라서 햇볕에 태운 다음 살짝 살을 찌운 듯한 인상을 하고 있다. 반면 하기와라는 근사한 남자다. 올해의 남자는 하기와라로 할까.

뻔히 질 줄 알면서도 마지막까지 최선을 다한다. 포기해서는 안 된다, 도망치는 인생은 비겁하다. 혹시 마작이 도중에 그만둘 수 없는 게임이기 때문일까? 아니다. 프로는 먼 곳을 바라본다. 패 건너편의 희망을. 인생은 도중에 무엇이 있을지 모른다, 눈앞의 욕망에 달려들어서는 안 된다, 먼 곳의 아름다운 경치를 바라보며 현재를 성실히 살아가야 한다는 점을 깨달았다. 나는 마작 채널을 계속 시청했다.

그리고 엊그제 마작을 했다. 프로의 마음가짐과 철학을 배운 나는 태어나서 처음으로 압승했다.

"요코, 오늘 운이 좋네." 마작 두뇌녀가 분하다는 듯 내뱉었다.

"운이 아니야. 실력이 늘었어." 게임을 계속했다. 마작 두뇌
녀는 1천 점 정도로 나면서 비굴한 표정으로 말했다. "너, 내
가 우습지? 이런 패로 나서." "아니야." "아니, 그 눈은 날 깔보
는 눈이야." "그래, 우습다. 어쩔래?" 아, 재밌다.

밤에 자려고 누웠더니, 커다랗고 아름다운 완성된 패가 주
르륵 줄지어 나타났다가 사라졌다. 이런 경험은 전 생애에 걸
쳐 두 번째다. 첫 번째는 기모노에 푹 빠졌을 때로, 사지 못한
기모노가 눈을 감으면 둥실둥실 줄지어 흘러갔다. 두 번째는
지금이다. 이렇게 하찮은 것에 푹 빠지다니 내가 싫어진다.

비디오 대여점에서 〈단게사젠丹下左膳〉을 다른 버전으로 두
편 빌렸다.

한 편은 나카무라 시도가, 다른 한 편은 도요카와 에쓰시가
나온다.

두 편 다 내용은 완전히 똑같았다.

'원작 하야시 후보'라는 자막이 나왔다. 나는 하야시 후보
가 사람 이름이라는 정도만 안다. 호랑이 담배 피우던 시절의
사람인데 이 작가의 책은 한 권도 읽은 적 없다.

영화는 두 편 다 내용뿐만 아니라 주인공이 입고 나오는 기
모노까지 똑같았다. 주인공은 새빨간 안감을 덧댄 하얀 기나
가시겉옷을 입지 않는 일본의 약식 전통복장 차림에 털북숭이 정강이를
내놓은 채, 건들건들 으스대며 걷는 애꾸눈 불량배다.

게다가 사람을 마구 벤다. 시시한 이야기다. 둘 다 우열을 가리기 힘들 정도로 시시했지만, 요즘의 나는 시도에 푹 빠져 있기 때문에 만족스러웠다.

미타니 고키의 〈HR〉에서도 시도는 변함없이 껄렁하지만 귀엽다. 가부키에서는 여자 역할도 맡는 그가 여성스럽게 쓰러지는 장면은 몇 번을 봐도 근사하다.

늙은이의 보고서

2007년 여름 X월 X일

작가 오카모토 가노코는 만년에 이렇게 읊었다. "……이윽고 화사한 생명이 되리라." 젊을 때는 이 구절의 의미를 몰랐다. 가노코는 특이한 사람이니 색정광이었을지도 모르지. 남편 잇페이랑 젊은 제비랑 셋이 같이 살기도 했으니까.

나 역시 젊은 시절, 마음만은 화사했다.

나도 모르게, 정말로 부지불식간에 정신을 차리고 보니 예순이 넘었다.

화사한 생명 같은 건 완전히 잊었다.

이 나이가 되니 마음이 화사해지지 않아서 오히려 편하다. 아, 이제 남자 따윈 딱 질색이다.

개방적인 세상이다.

공공장소에서 찰싹 달라붙어 스킨십을 하는 젊은 커플도 보인다. 젊을 때는 그렇게 서로에게 넋을 잃어도 괜찮다. 남자와 여자가 한 몸이 되는 광기의 시간을 신이 마련해주니까. 그런 착각 없이 남자와 여자가 어떻게 맺어질 수 있겠는가. 젊은이여, 병에 단단히 걸리기를. 병이 깊을수록 번민은 많고 쾌락은 강할 테니.

옛날엔 그런 병에 걸려 동반자살로 목숨을 버리기도 했다.

병의 클라이맥스는 웨딩마치와 케이크 커팅이라는 사실을 아는지 모르는지, 평생 분량의 웃음을 그때 다 웃는다. 상상력이 부족한 것이다. 나는 결혼식이 늙은이의 장례식보다 가기 싫다. 결혼식은 어쩐지 애처로운 기분이 든다. 생활이란 화사한 생명과 연을 끊는 것이다. 출산은 엄숙한 행위다. 죽을 만큼 아프지만 그래도 아이가 없는 가정은 가정이라고 할 수 없다. 혼인 신고서를 제출해봤자 단지 같이 사는 것에 지나지 않는다. 법적으로 인정받은 동거라는 표현이 더 적당할지도 모르겠다. 본처가 맞긴 한 데다 각종 권리도 발생하니까.

생활은 수수하고 시시한 일의 연속이다. 하지만 그런 자질구레한 일 없이 사람은 살아갈 수 없다. 화사한 마음이 생기면 불륜이며, 나 같은 할머니에게는 범죄나 다름없겠지만 요즘 사람들의 인식은 다를지도 모른다. 나는 열여덟 살 때부터 알고 있었다. 부부 생활 중 몇십 년은 몹시도 괴로우리라는 것을. 하지만 고통스러워도 그 생활을 유지하는 이유는 노후 때문이다. 더 이상 아무에게도 화사한 마음을 건네받지 못하는 동지끼리 툇마루에서 말없이 감을 깎아 먹고 차를 마실 날을 위해서다.

이제 남편의 바람기도 용서하게 된 할머니는 평온한 마음으로 생각한다. '이이는 나 없이는 안 돼. 언제나 나한테 돌아왔으니까.'

어느새 오줌발이 시원찮아진 남편도 '여자 문제로 꽤나 속 썩였구려'라는 미안한 마음에 기가 눌려 할머니의 말을 순순히 따른다. 그런 두 사람은 망중한을 즐긴다. 편안하고 안락하다. 화사한 마음 따윈 잊어버렸다. 세월만이 길러낼 수 있는 신뢰, 꽃도 태풍도 뛰어넘어 망중한을 즐길 날을 위해 결혼하는 것이다. 온갖 잡다한 일을 겪으면서도 두 사람은 한없는 사랑으로 아이를 키웠다. 못마땅한 여자를 아내로 맞이한 아들은 손자가 생겨도 데리고 오지 않는다. 두 사람은 입 밖으로 꺼내지 못하는 마음을 한 컵에 담긴 물처럼 공유한다. 그러기 위해 결혼한다는 사실을 열여덟 살 때 이미 알고 있었는데도, 나는 두 번이나 이혼했다. 남들은 인격에 문제가 있다고 생각하겠지. 그 말대로다. 나도 내 인격에 전혀 신뢰가 안 간다. 심지어 증오하기까지 한다.

무엇을 깨닫건 간에 이제 일흔이라니 이미 늦었다.

나는 남자를 애인보다 친구로 삼기를 좋아하는 여자였다.

그래서 남자 친구들이 무척 많아졌고, 점차 그들의 가족 모두와 교류하게 되었다.

"너랑 안 자서 다행이야. 잤더라면 지금까지 친구로 지내지 못했을 테니까." "내 말이." "잤으면 헤어져야만 했을걸." "우린 참 똑똑해." 진심인지는 모르겠지만 예순 넘어서 이렇게 말하는 남자도 있다. 정말이다. 약간은 거짓말일지도.

곰곰이 생각해보니 변태 할아범이 젊은 여자에게 침을 흘리는 기분도 이해가 된다. (만약이라는 가정 아래) 할멈이 된 나에게 적당히 나이 먹은 할아범이 친한 척 접근한다면 '잠깐만, 당신은 할아버지라고, 너무하잖아?'라는 생각이 반사적으로 들겠지. 대머리잖아, 뚱뚱하잖아, 주름투성이잖아, 좀 심하잖아. 생각이 거기까지 미치자 내가 이미 할머니라는 걸 잊고 있었다는 사실에 흠칫 놀랐다. 남들이 나한테 빈말이라도 실제 나이보다 어려 보인다고 말해주는 경우는 없었다.

내 눈은 초롱아귀처럼 얼굴 앞으로 축 늘어져 있지 않으니 스스로를 볼 수 없다.

무엇보다도 나는 화사한 마음이 들지 않는다.

하지만 나보다 열 살이나 젊은 남자라면 예순에 가까울 테니, 그건 제법 괜찮겠다는 생각이 들자마자 반성한다. 죄송합니다, 제가 우쭐거렸군요.

스무 살의 남자와 서른 살의 여자가 화사한 마음을 품는 건 괜찮다. 하지만 같은 열 살 차이라도 일흔에 가까운 여자와 예순이 다 된 남자는 안 된다. 애초에 그럴 일은 해가 서쪽에서 뜨더라도, 기적이라 할지라도 일어나지 않는다. 예순이 다 된 남자는 여자가 젊으면 젊을수록 그 싱싱함에 끌리는 법. 거기에 어떤 의문이 있겠는가.

할아버지가 인기 있을 조건은 돈과 명예뿐이다.

여자 중에도 돈과 명예를 가진 사람이 있을지 모른다. 만약 젊은 남자가 그런 여자에게 접근하면, 그가 사실은 순정파일지라도 세상 사람들은 다른 속셈이 있다고 여긴다.

조지아 오키프는 아흔이 넘어서도 20대의 애인을 두었지만 그것은 예외다. 기적이 아닌 예외. 에디트 피아프한테 젊은 애인이 있었던 것도 예외다. 예외는 기적이 아니다. 특별한 무엇이다. 그러나 평범한 할머니에게 예외는 절대로 일어나지 않는다.

어느 날 나는 화사한 마음과 전혀 관련 없는 10년을 살아왔다는 사실을 문득 깨달았다.

여러분, 한류 열풍의 정체를 아시겠지요.

한류 열풍은 허구의 화사함에 의해 일어났다. 나도 빠져들었다. 아아, 즐거운 1년이었다. 1년 내내 왼쪽을 보고 침대에 드러누워 욘사마와 이병헌, 류시원에게 화사한 마음을 맡겼더니 1년이 지나자 턱이 틀어졌다. 의사에게 장시간 같은 자세로 있는 건 아니냐는 질문을 받은 순간 납득이 갔다. 초콜릿을 너무 많이 먹어서 보기만 해도 토할 지경인 꼬마처럼, 정신을 차리고 보니 한류를 떠올리기만 해도 속이 메슥거렸다.

전 일본의 아줌마들, 지금은 무엇을 하고 있나요. 이제는 할머니가 되었겠군요.

아까 서랍을 휘저었더니 이병헌이 새하얀 치열을 드러내며 웃고 있는 카드 케이스가 나와서 움찔했다.

아들이 말했다. "정말 심하네. 한때는 사랑했던 남자잖아."

카드 케이스는 제주도에 갔을 때 샀다. 한류 붐이 끝나자 나의 짝퉁 화사한 마음도 먼지투성이가 되어 죽었다.

죽어도 요만큼도 곤란하지 않다.

아들이 마흔이 다 되어간다.

그 어떤 불편함도 없는 행복한 하루하루다. 참의원 선거 속보를 같은 연배의 할머니와 밤새 볼 수 있는 건 행복한 일이다.

이야, 민주당의 쾌거로다.

○○○○이 기쁨에 미쳐 날뛰는 표정으로 나왔다가 사라지고, 사라졌다가 나온다.

"있잖아, 저 아저씨가 퇴근하고 매일 집에 온다면 어떨 것 같아?" "싫어. 저런 추남이 '다녀왔어, 목욕물은?' 한다고?" "맞아, 그건 좀 싫겠다."

아카기 노리히코 대신이 반창고를 붙인 궁상맞은 얼굴로 나온다.

"와타나베 뭐라더라.""저 사람, 얼굴에 기름이라도 바른 거야?""여하튼 식물성은 아닌 것 같다.""당연한 소리. 자기 얼굴 기름인데.""정치인들은 왜 저리 건강하지? 저 나이에 말이야.""정치인이 되면 건강하고 드세지는 걸까, 건강하고 드세고 뻔뻔한 사람이 정치인이 되는 걸까?""둘 다, 둘 다야."

우리는 스스로에게 놀랐다. 방금 나온 사람이 또 나왔는데도 이름이 생각나지 않는 것이다. "이 사람, 이 사람!""아아, 이름 뭐더라?""잊어버렸어. 진짜 답답하네, 1초 만에 까먹다니."

이제 곧 일흔인 우리가 적령기의 정치인을 품평한다. "저런 늙은이는 싫어.""머리숱도 적은데 뭐 하러 저렇게 앞부분만 넘겨 빗은 거람.""넌 어때?""싫어, 싫어." 서민의 즐거움입니다.

"아베 총리, 진짜 머리가 나쁜 거 아니야? 맨날 분위기 파악도 못하잖아. 둔해도 너무 둔하니까, 주변 사람들이 '아베는 좀처럼 동요하지 않는다'고 할 정도로 무능한 인간이야.""싫다.""너는 왜?""그냥 싫어.""못생긴 편은 아닌데.""그래도 싫어." 그러고 보니 아베가 좋다는 사람은 한 명도 못 봤다.

선거 속보에 줄줄이 등장하는 남자들을 암만 보더라도 할머니 마음은 화사해지지 않는다.

NHK에서 〈한시 기행〉이라는 방송이 나왔다. 나조차도 아는 두보나 이백의 한시를 배우 에모리 도루가 제법 묵직하면 서도 왠지 보는 쪽이 수줍을 정도로 격조 있게 읽어나간다.

배경은 중국의 수묵화를 전부 컬러로 그린 듯한 한가로운 강산의 풍경이다. 우리 집은 문풍지가 찢어지면 아버지가 붓으로 한시를 써서 처덕처덕 발랐다.

아버지는 돌돌 말린 두루마리를 스륵스륵 펼쳐가며 외할아버지에게 구혼의 편지를 썼다. 너무도 달필이었던 나머지 외할아버지가 놀라서 엄마를 시집보냈다고 하니, 아버지에게 글씨는 자랑거리였으리라. 에모리가 장중하게 읊는다. "벗이 멀리서 찾아주니 또한 즐겁지 아니한가?" "한 잔 한 잔에 거듭되는 또 한 잔이라." 나는 갑자기 죽은 아버지가 그리워져서 〈NHK 한시 기행 100선〉 DVD 열 편을 전부 사고 말았다.

저세상의 아버지, 나와 함께 "돌아가리, 전원이 장차 황폐해지거늘도연명. 〈귀거래사〉 중 일부"을 보고 들어요. 죽은 아버지는 애주가였으니 이백을 좋아했을까.

아름다운 중국, 장대한 수묵화처럼 느긋이 흐르는 큰 강의 영상을 배경으로 강인하고 남성다운 목소리가 위엄 있고 장중하게 한시를 읊는다.

저세상의 아버지, 보고 계세요? 듣고 계세요? 아버지는 생전에 술을 마시면 흥이 올라서 "온천물은 부드럽게 매끄러운 몸을 씻네백거이. 〈장한가〉 중 일부" 같은 선정적인 시를 읊었다.

한시에 어울리는 목소리는 아니었다.

예술은 죄다 에로틱하다.

나는 에모리 도루의 낭독에서 화사한 마음을 찾으려 하는 것인지도 모른다.

나는 덥석덥석 빠져든다. 한시 다음에는 미타니 고키한테 빠졌다. 예전에 개봉한 그의 영화와 텔레비전 드라마를 빠짐 없이 챙겨 보았다.

몇 번이고 보고 싶은 나머지 DVD로도 전부 샀다.

DVD를 보다 보면 반드시 극 중 누군가에게 마음을 빼앗겼다. 〈HR〉에서는 목수 역의 ○○이 좋았다.

〈임금님의 레스토랑〉을 볼 때는 마쓰모토 고시로랑 늘 같이 있고 싶어서 DVD를 반복해서 돌려보았다. 형사 드라마 〈후루 하타 닌자부로〉에서는 매번 범인이 좋았다. 범인이 여자일 때면 팬스레 폼을 잡는 형사 닌자부로도 멋있었다.

구○ 간쿠로한테도 반했다.

그리고 지금, 흠뻑 빠진 드라마의 제목이 도무지 떠오르지 않는다. 기억이 안 나서 절망과 자포자기와 슬픔이 밀려온다.

○○○는 야쿠자의 후계자인 스물일곱 살 청년인데, 멍청해 서인지 불량스러워서인지 아버지의 지시로 고등학생이 된다. 낮에는 교복을 입지만 밤이면 원래 신분으로 돌아가서, 검은

색 야쿠자 양복을 어깨에 걸치고 새하얀 에나멜 구두를 신고서 나이 많은 부하들을 데리고 수상쩍은 거리를 째려보며 거들먹거들먹 돌아다닌다.

○○가 정말로 마음에 들었다. 굉장한 미모다. 하지만 제목이 기억나지 않는다.

드라마를 보는 동안 나는 화사한 마음을 모조리 ○○에게 쏟아부었다. 그러면서 나는 한 살을 더 먹었다.

설날이 되었다. 올해의 화사한 마음을 누구에게 줄 것인지 정하기 위해 기력을 쥐어짰다.

마음을 정한 사람이 있었지만 지금은 이미 까먹었다. 게다가 요즘 젊은 남자는 모두 똑같이 생겼다.

똑같이 생겼으니 이름을 구별할 수 없다. 여자들 얼굴도 완전히 판박이라서 남자보다도 더 구별하기 어렵다. 아아, 나는 이제 시대에 뒤처졌다.

옛날 영화를 다시 보자.

〈카사블랑카〉를 보았다. 험프리 보가트의 극 중 이름은 릭이고, 잉그리드 버그만은 일사다.

내 마음은 ○○ 때보다 몇 배나 더 화사해진다.

버그만을 배웅하는 보가트의 뒷모습, 담배를 버리는 라스트신.

요컨대 새로운 정보를 받아들이는 뇌세포는 멸종했다.

요즘은 의학에서도 뇌가 죽으면 죽음을 인정한다.

나는 반쯤 죽은 사람이다.

같은 책을 두 번 사고는 '아, 이 책 읽었는데……'라고 마지막에 가서야 떠올린다.

사토네 집에서 옛날 서부극을 보았다. 영화가 끝나자 사토가 말했다. "앗, 이 영화 본 건데. 지금 생각났다."

호호호, 기쁘다.

"어이, 마리코, 저거." "저거라고 하면 뭔지 몰라." "저거 말이야, 저거." "아, 모른다니까." 이렇게 대화하거나, "마리코, 저거 좀 집어줘" "응" 이런 식으로 말할 때도 있다.

저거, 그거, 저쪽, 이쪽, 대명사의 연발이다.

동년배끼리 모이면 이거, 그거, 저거, 오해, 착각, 반쯤 죽은 사람들의 모임이 된다.

모두들 화사한 마음은 어찌한 것일까.

하지만 사토가 "그 사진 가장자리에 있는 예쁜 여자가 ○○ 씨야"라고 말하는 걸 보니, 남자는 화사한 마음을 쭉 품고 있을지도 모른다.

전철을 타고 둘러보면 젊고 예쁜 여자 앞에는 반드시 할아버지가 서 있다.

저도 모르게 이끌려가는 것이다.

젊은 여자가 자리를 양보하면 할아버지는 허둥지둥 애매하게 감사 인사를 한다.

그런 광경을 보면 나는 마음속으로 히죽대며 기분이 좋아진다.

할머니는 젊은 미남한테 이끌려가서는 안 된다.

가방을 고쳐 잡거나 창밖을 두리번거리는 사람 앞에 서야 한다. 앉기 위해서다.

화사한 마음보다는 실용을 택한다.

변태 할아범은 공인되어 있다.

하지만 변태 할멈은 실성한 사람이다.

요즘 나는 무언가를 하려고 자리에서 일어나자마자 하려던 게 무엇인지 까먹는다.

그러고는 망연자실 서 있는다. 하루에 몇 번이고 이런 일이 반복된다. 망연자실 서 있는다.

엄마가 망연자실 서 있는 것을 내가 눈치챈 무렵부터 엄마의 치매가 시작되었다.

내가 그럴 때면 공포가 덮쳐오지만, 가만히 선 채 자기 머리를 딱딱 때리며 "뭐였더라, 뭐였지?!"라고 외치는 친구도 있어서 조금은 안심이 된다.

젊은 시절, 남자가 있는 자리에서는 꼭 교태를 부리던 그 여자는 할머니가 된 지금 어떻게 지내고 있을까. 아직도 아양을 떨며 남자를 밝힐까. 만약 그렇다면 이 눈으로 보고 싶다.

내가 무척 좋아했던 핫토리 씨 어머니는 아흔이 넘어서까지 귀여운 데다 정신도 맑았다. 빼어난 유머 감각의 소유자였던 아주머니는 엄마와 동년배지만, 그때 엄마는 이미 10년 이상 치매를 앓아서 병석에 드러누워 있었다. 아주머니는 맑은 정신으로 생을 마감할 것이라고 믿었다.

인생은 무자비하다.

한번은 아주머니가 자꾸만 귤을 보냈다. 나는 충격을 받았다.

백중날이 다가왔다.

선물 리스트를 만들어 필요한 물건을 주문한 뒤 메모지를 서랍에 넣어두었다.

이삼일 뒤에 서랍 속에 메모지가 있는 걸 보고서도 세 사람한테 선물을 보냈다는 사실을 까먹었다. 나는 일흔도 되기 전에 아흔 먹은 할머니와 똑같은 일을 저지르려 한다.

아주머니는 아흔이 넘어서도 귀엽고 섹시했다.

아주머니는 화사한 마음을 어떻게 사용했을까.

아주머니는 산과 들의 꽃 이름을 무척 많이 알려주었다.

나는 꽃 이름을 하나씩 외우는 것이 무척 즐거웠다.

그리고 아주머니네 별장에 만발한 들꽃을 조금씩 나눠 받아 산에 지은 집 뜰에 심었다.

2년 정도 그 집에 가지 못했다.

나는 연화승마나 산도라지가 내내 마음에 걸렸다.

가 봤더니 걱정했던 대로 잡초투성이였다.

서둘러 잡초를 뽑기 시작했지만 애써 외운 들꽃 이름은 잊어버렸다.

"저 핑크 색 꽃 이름은?" "……." "그럼 노란색은?" "……."

"이게 연화승마." "아직 피지도 않았네. 이건?" "잡초. 하지만 쇼와 천황은 잡초라는 이름의 풀은 없다고 했다지." 쓸데없는 말을 덧붙인다. 나 홀로 안개 속에 휩싸인 기분이 든다. 이런 감정을 애수라고 일컫는 걸까.

작은 ○○이 무성히 피었다. 조그마한 생명을 보니 기쁨이 용솟음쳤다.

건너편의 ○○은 깜짝 놀랄 만큼 선명한 색으로 무럭무럭 자라 있었다.

가슴이 두근거렸다.

○○도 ○○도 살아 있다. 어깨춤이 절로 날 정도로 마음 한가득 꽃이 피었다.

그야말로 "이윽고 화사한 생명이 되리라"에 어울리는 풍경이다.

기무라 다쿠야가 다 뭔가, ○○가 다 뭔가.

큰까치수염에 검정 호랑나비가 팔랑팔랑 내려앉았다.

오오오, 우주에는 어쩌면 이렇게도 화사한 생명이 넘쳐흐르는지.

○○도 ○○○도 그 어떤 미남 미녀보다 사랑스럽고 힘차다.

저녁때 세찬 비가 내렸다.

천둥 번개가 맹렬한 빛과 소리로 집을 뒤흔들었다.

번개도 한순간뿐인 화사한 생명을 살고 있다. 좀 더 번쩍이려무나, 좀 더 미쳐 날뛰려무나.

밤에 잠들 무렵, 번개가 친 게 어제였는지 오늘이었는지 곧바로 기억이 안 났다. 잠깐 생각해봤더니 오늘이었다.

이 글은 노망난 늙은이의 보고서로 참조해주십시오.

생활의 발견

2008년 겨울 X월 X일

싱글벙글 씨가 왔다. 싱글벙글 씨가 생기발랄했던 적은 한 번도 없다.

키가 껑충한 시체가 걷다가 바람에 날리는 모양새다. 대개는 코를 훌쩍이고 있다.

싱글벙글 씨는 고흐가 흰 수염을 기른 듯한 얼굴에 골격도 비슷하다. 하지만 싱글벙글 씨에 비하면 고흐는 드센 열기와 광기를 내뿜어서 품위가 없다.

처음 싱글벙글 씨를 봤을 때 '아, 사람이 저렇게 살아갈 수 있구나, 저런 식으로 살아도 되는구나'라는 느낌을 받았다. 몸 전체에 바람이 불어오는 것 같았다.

싱글벙글 씨는 기타카루이자와의 슈퍼마켓 통로에 쭈그리고 앉아서, 여기저기 물건을 변명처럼 늘어놓고 있었다. 손님에게 싱글벙글 웃어줄 마음이 조금도 없어 보이는 골동품 가게 주인이었다.

전쟁 전에 출간된, 표지도 본 적 없는 세계문학전집이 달랑 한 권 놓여 있었다. 『외나무다리』라는 책으로 가격은 100엔이 었다.

초등학교 1학년짜리용으로 보이는 나무 의자도 100엔에 팔 았다. 나는 의자를 두 개 샀다.

뚜껑이 없고 우툴두툴한, 동으로 만든 조그만 찻주전자도 굴러다녔다. 얼마냐고 물었더니 소리 없이 웃으며 "그냥 가져 가요"라기에 덥석 받아 왔다.

『외나무다리』는 재미가 하나도 없었다. 의자는 집 안에 놓 아두기만 해도 귀여웠다. 찻주전자는 꽃을 꽂았더니 운치 있 었다.

싱글벙글 씨는 우리 집에 들어오자마자 소파로 가더니 잠 시 후 벌렁 드러누웠다. 30초나 앉아 있었을까. 싱글벙글 씨는 몹시 근사하고 짤막한 손뜨개 스웨터를 입고 있었다.

받쳐 입은 티셔츠 아래 자락이 밖으로 삐져나와 있었다. 소 매도 팔꿈치 아래까지만 오는, 녹색과 빨강, 회색의 두꺼운 줄 무늬 스웨터였다. 아주 잘 어울렸다. 스웨터를 칭찬하자 하아 하아 숨을 몰아쉬며 당장이라도 죽을 듯한 쉰 목소리로 "이 거, 할머니가 만들어 줬어"라고 내뱉고 눈을 감았다. 오늘 보 니 새하얀 피부에 눈을 감은 모습이 꼭 시체 같았다. 예전에도 피부가 너무 하얘서 아들인 유에게 "너희 아버지 어디 안 좋으시니?" 하고 묻자, 키득거리면서 "안 좋은 데 없어요, 정상이에요"라기에 안심한 적이 있다. 싱글벙글 씨는 '할머니'라고 부르는 자기 엄마를 무척 좋아해서 처음에는 엄마 이야기만 잔뜩 늘어놓았다. 할머니는 온갖 잡동사니를 주워 온다고 한다. 할머니 남편은 유명 의과대학의 학장인데, 할머니 아들은 전부 의사가 되었지만 싱글벙글 씨만이 골동품 가게를 하고 있다.

집 안이 주운 물건으로 넘쳐나 조립식 창고를 만들었는데도 끊임없이 주워 와서 창고를 또 만든다고 한다.

싱글벙글 씨가 어렸을 때, 하루는 집에 갔더니 자신의 방이 다른 곳으로 바뀌었고 할머니와 한통속이 된 목수가 있었다고 한다.

언젠가는 새 변기를 주워 와서 복도 한가운데에 화장실을 만들었는데, 그 화장실은 오른쪽과 왼쪽에 문이 있어서 들어간 다음 양쪽 손잡이를 꽉 잡지 않으면 볼일을 볼 수 없는 구조였다. 복도는 가족과 하숙생의 통로였기 때문이다. "제대로 된 화장실이 있는데도 그랬다니까." 싱글벙글 씨는 말을 이었다. 할머니의 부모가 죽었을 때 집과 부지를 여동생과 함께 상속받았는데, 집은 부지의 한가운데 있었다. 여동생은 당연히 건물을 없애고 땅을 활용하려 했지만 할머니는 목수를 데려와 톱으로 그 집을 절반으로 나누어 보존했다고 한다.

몇 년 전 나는 내 눈으로 할머니를 보았다. 기타카루이자와에서 음악회가 열렸다. 마을에 자그마한 홀이 있었는데, 앞쪽에는 어린이용 의자를 두었고 어른들은 바닥에 앉도록 되어 있었다. 그런데 기력 넘치고 팔팔한, 하지만 나이는 상당히 많은 할머니가 의자로 돌진하더니 앉는 게 아닌가. 여자 스태프가 할머니에게 "그 의자는 어린이용인데요"라고 하자 할머니는 커다랗게 소리 질렀다. "나 어린이야!" 그리고 음악회가 끝날 때까지 의자에 앉아 있었다. '아, 살아 있으면 이렇게 재미난 구경을 할 수 있단 말이지.' 나는 몹시 이득을 본 기분이 들었다.

할머니는 최근에 또 목수한테 부탁해서 침대를 만들었다. 관처럼 생긴 가늘고 긴 나무 상자가 벽에서 공중으로 튀어나와 있는데 할머니는 그 안에서 잔다. 이제는 할머니도 쇠약해져서 누워 지낼 때가 많지만 정신은 아직 맑다고 한다.

"기다란 상자 속에서 나한테 이것저것 시킨다고." 싱글벙글 씨는 그 이상한 할머니를 무척 좋아한다. 어쩌면 마더 콤플렉스일지도 모른다.

싱글벙글 씨는 활력이라는 것을 할머니 배 속에 두고 온 모양이다.

시체처럼 소파에 늘어진 싱글벙글 씨는 다리가 길어서 소파 가장자리에서 다리를 접고 흔들어댔다. 오늘은 '성욕은 있지만 정력이 없다'라는 테마로, 헉헉거리면서도 끊임없이 말을 늘어놓았다.

싱글벙글 씨가 왔으니 마작 멤버를 모았다. 곧 죽을 지경이라도 마작은 하러들 온다. 농담을 총알처럼 발사하는 다케에몬은 자영업자라서 언제든지 부르면 온다. 이웃집 벤츠 부인도 왔다.

벤츠 부인은 내일 골프 치러 간다며 일찍 돌아갔고, 자전거로 온 다케에몬은 새벽 2시인지 3시쯤에 돌아갔다. 하지만 싱글벙글 씨는 마작이 끝나면 우리 집에서 자고 간다. 2층 침실에서 죽은 사람처럼 푹 쓰러져서, 다음 날은 오후까지 잔다. 싱글벙글 씨는 우리 집에 오면 집에 갈 에너지가 다 닳아서 귀가를 다음 날로 미루는 듯했다.

가본 적은 없지만 싱글벙글 씨는 구니타치인지 고쿠분지인지에 제대로 된 가게를 가지고 있다.

"사람들이 여간해서는 들어오지 못하도록 가게에 물건을 배치하는 거야. 손님이 '이거 주세요' 하면 '뭘!' 하고 노려보지. 아무래도 난 손님을 싫어하는 것 같아."

요전에 집에 놀러 왔을 때는 "사노 씨, 앞으로 1년 정도면 죽는데 무섭지 않아?"라고 묻기에, 산송장한테 그런 질문은 받고 싶지 않다고 생각하며 대답했다. "전혀, 언젠가는 죽는 걸. 모두 아는 사실이잖아." "하지만 어째서 그렇게 태연한 거야? 두렵지 않아?" "안 무섭다니까. 오히려 기뻐. 생각해봐. 죽으면 더 이상 돈이 필요 없다고. 돈을 안 벌어도 되는 거야. 돈 걱정이 없어지는 것만으로도 행운인걸." "정말로 안 무서워?" "그렇다니까. 게다가 암은 정말로 좋은 병이야. 때가 되면 죽으니까. 훨씬 더 힘든 병도 얼마든지 있다고. 류머티즘 같은 건 점점 나빠지기만 할 뿐이고 계속 아픈데도 낫질 않잖아. 죽을 때까지 인공투석을 해야 하는 병도 있고, 뇌경색으로 쓰러져서 말을 못하게 된다거나 몸은 건강해도 치매에 걸리는 경우도 있지. 어째서 암만 가지고 '장렬한 싸움'이니 뭐니 하는 건지. 딱히 싸울 필요도 없잖아. 난 싸우는 사람 질색이야."

엘리자베스 퀴블러 로스가 쓴 『죽음과 죽어감』이라는 책을 보면 죽음을 분노, 타협, 수용에 이르기까지 다섯 단계로 분석한 구절이 나오지만, 나에게는 하나도 들어맞지 않았다. 요즘 시대에는 둘 중 하나는 암에 걸리니까, 내가 암이라는 말을 들었을 때도 '아, 그래?'라고 생각했다. 내 유방암은 이비인후과 여의사가 발견했다. 유방암에 걸리면 팥알 크기의 멍울이 만져진다고 들었는데, 내 경우는 왼쪽 가슴에만 찹쌀떡 같은 멍울이 있었다. 이비인후과 선생님한테 보였더니 곧바로 병원에 가보라기에, 집에서 예순일곱 걸음 떨어진 병원에 갔더니 역시 암이라서 잘라냈다.

수술한 다음 날 나는 예순일곱 걸음을 걸어 집으로 담배를 피우러 갔다. 매일 담배를 피우러 갔다.

일주일간 입원하고 집으로 돌아왔다. 이제는 가슴이 쓸모없으니까, 가슴이라서 다행이라고 생각했다. 항암제로 반질반질한 대머리가 되었고 1년 동안 살아 있다고 여길 수 없을 정도로 사람 구실을 못하는 상태가 지속되었다. 사람 구실을 못하니 자리를 보전한 채로 한국 드라마를 보았고 그러다 턱이 틀어졌다.

뼈에 재발했을 때는 전이되었다는 생각을 못했다. 다리를 들어 가드레일을 넘었을 때 욱신거리는 느낌이 들어서 정형외과에 가서 뢴트겐사진을 찍자, 예전에 유방 절제를 해준 의사의 안색이 바뀌었다.

의사는 곧바로 암연구회를 소개해주었고, 암연구회에서는 지금의 병원을 소개받았다.

나는 행운아다. 담당 의사가 근사한 남자였기 때문이다. 배우 아베 히로시를 쏙 빼닮은 외모에 키만 그보다 작았다. 의사로서는 드물게 잘난 척도 하지 않는다. 게다가 언제나 웃고 있어서, 일주일에 한 번 병원 가는 날이 기다려졌다. 일흔의 할머니가 근사한 남자를 좋아하는 게 뭐가 나쁜가?

첫 진료 때 의사에게 물었다.

"몇 년이나 남았나요?" "호스피스에 들어가면 2년 정도일까요." "죽을 때까지 돈은 얼마나 드나요?" "1천만 엔." "알겠어요. 항암제는 주시지 말고요, 목숨을 늘리지도 말아주세요. 되도록 일상생활을 할 수 있게 해주세요." "알겠습니다." 그로부터 1년이 지났다.

럭키, 나는 프리랜서라 연금이 없으니 아흔까지 살면 어쩌나 싶어 악착같이 저금을 했다.

병원에서 돌아오는 길에 근처 재규어 대리점에 가서, 매장에 있던 잉글리시 그린의 차를 손가락으로 가리키며 말했다. "저거 주세요." 나는 국수주의자라서 지금껏 오기로라도 절대 외제 차를 타지 않았다.

배달된 재규어에 올라탄 순간 '아, 나는 이런 남자를 평생 찾아다녔지만 이젠 늦었구나'라고 느꼈다. 시트는 나를 안전히 지키겠노라 맹세하고 있다. 쓸데없는 서비스는 하나도 없었고 마음으로부터 신뢰감이 저절로 우러났다. 마지막으로 타는 차가 재규어라니 나는 운이 좋다.

그러자 나를 시기한 친구가 이런 말을 했다고 한다. "요코한텐 재규어가 안 어울려." 어째서냐. 내가 빈농의 자식이라서 그런가. 억울하면 너도 사면 되잖아. 빨리 죽으면 살 수 있다고. 나는 일흔에 죽는 게 꿈이었다. 신은 존재한다. 나는 틀림없이 착한 아이였던 것이다.

산 지 일주일 만에 재규어는 너덜너덜해졌다. 나는 주차가 서투른데 우리 집 주차장은 좁기 때문이다. 너덜너덜해졌을 뿐만 아니라 까마귀가 보닛 위에 매일 똥을 쌌다.

내게는 지금 그 어떤 의무도 없다. 아들은 다 컸고 엄마도 2년 전에 죽었다. 꼭 하고 싶은 일이 있어서 죽지 못할 정도로 일을 좋아하지도 않는다. 남은 날이 2년이라는 말을 듣자 십수 년 동안 나를 괴롭힌 우울증이 거의 사라졌다. 인간은 신기하다. 인생이 갑자기 알차게 변했다. 매일이 즐거워서 견딜 수 없다. 죽는다는 사실을 아는 건 자유의 획득이나 다름없다.

나는 아버지에게 감사한다.

아버지는 설교를 좋아했다. 저녁 식사 때면 반드시 훈계를 늘어놓았다.

"사람은 성격을 고쳐줄 의사가 이웃집에 살아도 찾아가지 않지만, 새끼손가락을 치료하기 위해서는 천 리 길도 마다하지 않는다"는 식이었다. 철없던 나는 '성격이 나쁜 사람은 자기 성격이 나쁘다는 사실을 모르지 않을까?'라는 생각을 했다. "한 권의 책밖에 읽지 않아도 진정한 독서가라고 불리는 사람이 있다"라는 설교도 있었다.

그리고 어제, 우연히 그런 책과 만나게 되었다.

린위탕이 쓴 『생활의 발견』이었다.

나는 어쩌면 중국인일지도 모른다. 지금까지 무엇을 읽고 무엇으로 살아온 건가라는 생각마저 들게 하는 책이어서 흥분했다. 이 책은 더 늦기 전에 읽을 수 있었다.

아버지는 또, 아무것도 모르는 어린아이에게 말했다. "돈과 목숨을 아끼지 말거라."

그래서 아버지는 가난한 채 쉰 살로 죽었다.

목숨은 지구보다 중하다는 말은 믿을 수 없다.

이라크 아이의 목숨과 장기이식에 몇억 엔이나 쓰는 사람의 목숨은 같지 않다.

나도 목숨을 아끼고 싶지 않다.

오빠는 열한 살 때, 동생은 네 살 때 이라크 아이들처럼 죽었다.

아이를 잃은 엄마의 슬픔은 지구보다 무거울지도 모른다.

싱글벙글 씨는 내게 조심스럽게 부탁했다.

"사노 씨, 먼저 가서 터 좀 닦아놔. 내 자리도 좀 봐놓고."

하지만 나는 생각한다. 나 자신이 죽는 건 아무렇지도 않지만, 내가 좋아하는 가까운 친구는 절대 죽지 않았으면 좋겠다고. 죽음은 내가 아닌 다른 이들에게 찾아올 때 의미를 가진다.

내가 너무도 건강하고 쾌활하니까 "요코가 제일 오래 살 것 같아"라는 말도 가끔 듣는다. 그럴 때면 죽을 자신이 없어져서 곤란하다.

사람은 태평스러운 존재다. 그간 실수했던 기억을 떠올리면 부끄러워서 살 수가 없는 나조차도 '내 인생은 썩 괜찮았어'라고 생각한다. 이렇게 자기 편할 대로 생각하는 사람은 정말로 나뿐일까?

　나는 싱글벙글 씨에게 부탁했다.

　"요 정도 크기의 문어 덩굴무늬 접시 다섯 장만 찾아다 줄래?"

　죽는 날까지 좋아하는 물건을 쓰고 싶다. 예쁘고 세련된 잠옷도 잔뜩 샀다.

　보고 싶은 DVD도 착착 사들였다.

　지금 가장 좋아하는 남자는 모건 프리먼이다. 아들한테 "모건 프리먼은 맨날 좋은 사람 역할로 나오네"라고 말했더니 "저 녀석이 악당 역이면 정말로 무섭다고. 저런 얼굴을 하고 있으니까"라는 대답이 돌아왔다. 그 말이 정답입니다.

산다는 것의 생생함

사카이 준코

"몇 년이나 남았나요?"

"호스피스에 들어가면 2년 정도일까요."

"죽을 때까지 돈은 얼마나 드나요?"

"1천만 엔."

"알겠어요. 항암제는 주시지 말고요, 목숨을 늘리지도 말아주세요. 되도록 일상생활을 할 수 있게 해주세요."

"알겠습니다."

의사와의 대화를 마친 후 재규어 대리점에 가서, "저거 주세요" 하고 잉글리시 그린의 차를 사는 부분을 무척 좋아합니다.

재규어를 탄 순간, "아, 나는 이런 남자를 평생 찾아다녔지만 이젠 늦었구나"라고 느끼는 부분도요.

이 책에서 사노 씨는 건망증이 심해지고 자기혐오에 빠지며 암에 걸리는 등 전편에 걸쳐 심신의 상태가 나쁘다고 호소합니다. 말하자면 몹시도 부정적인 에세이라고나 할까요. 하지만 이 책을 읽은 독자가 기분이 우울해지는가 하면, 그렇지가 않습니다. 이 책에는 너덜너덜해진 재규어를 타고 힘차게 후진해 나가는 듯한 박력과 상쾌함이 넘칩니다.

사노 씨는 『일본인의 노후』라는 책에 나오는, 긍정적이고 앓는 소리를 하지 않는 훌륭한 사람들의 이야기를 읽고서 우울해졌다고 고백했습니다. 저도 마찬가지로 훌륭한 사람들, 선량한 사람을 만날 때마다 울적해지곤 해서 "어째서 훌륭한 사람들의 이야기를 읽고 기분이 가라앉는 것일까"라고 생각하는 사노 씨에게 마음속 깊이 공감하며, 한편으로는 안심이 되기도 합니다. 저는 우울해하는 것에도 질려서 참았던 오줌을 누러 화장실에 가서 졸졸졸졸 끊임없이 나오는 오줌을 보며 "어느 정도 나오는지 재보고 싶다"고 생각하는 사노 씨가 정말로 좋습니다.

수명이 점점 길어지는 요즘 시대에는 '나이를 먹어도 긍정적인 마음으로' '언제나 이성異性에게 설레며 살자'라는 풍조가 강해졌습니다. 아무리 나이가 들더라도 섹스리스는 허용되지 않는 듯하고, 섹시함을 포기하는 것은 중죄라는 강박관념마저 있습니다.

그러나 사노 씨는 이렇게 말합니다.

"이 나이가 되니 마음이 화사해지지 않아서 오히려 편하다. 아, 이제 남자 따윈 딱 질색이다."

'섹스를 하지 않는 사람은 인간 실격'이라는 세상에서 사노 씨의 이 말은 우리에게 얼마나 고마운 울림으로 다가오는지요. 또한 저는 그간 한국 드라마 열풍의 원인을 알지 못했지만, 이 책을 읽고 확실히 깨달았습니다. 한류 열풍이 "허구의 화사함에 의해 일어났다"고요. 이렇게 알기 쉬운 설명을 접한 건 처음이었습니다.

지금, 노인의 현실은 몇몇 사람들의 손에 의해 교묘하게 감춰진 듯합니다. 어쩌면 아직 늙지 않은 사람들은 '긍정적' '생기' '교류' 같은 상쾌한 단어로 노인의 현실을 꾸며내 언젠가 자신도 늙는다는 공포를 잊으려는 것은 아닐는지요.

그러나 사노 씨는 "임금님 귀는 당나귀 귀!"라고 외치는 소년처럼 진실만을 보고 적습니다. 그녀는 커피숍에서 혼자 아침밥을 먹는 할머니들을 바라보며 생각합니다.

"역사상 최초의 장수 사회를 살아가는 우리 세대에게는 생활의 롤모델이 없다. 어둠 속에서 손을 더듬거리며 어떻게 아침밥을 먹을지 스스로 모색해 나가야 한다."

섣달그믐에는 "멀쩡한 할머니가 섣달그믐에 비디오를 대여섯 개씩 빌린다면 불쌍한 할머니, 황량한 풍경으로 비칠지도" 몰라서 "체면 때문에 비디오 대여점 방문을 포기"하기도 합니다. "치과에 몇백만 엔이나 쏟아부었다"는 부분에서는 "장수도 부질없다. 삶의 질이 높아져봤자 쓸데없을 뿐"이라고 하지요.

사실 '장수도 부질없다'고 생각하는 사람들은 많습니다. 하지만 그 사실을 이다지도 설득력 있게 쓸 수 있는 사람이 사노 씨 말고 누가 있을까요.

"장수도 부질없다" 이외에도

"성격은 병이다",

"나는 나와 가장 먼저 절교하고 싶다",

"남자의 생식기쯤은 마음대로 쓰도록 내버려뒀으면 좋겠다" 이런 말들은 긍정적인 태도와는 거리가 멀지만, 진실의 한가운데를 꿰뚫고 있기에 읽는 사람에게 쾌감이라고 해도 좋을 정도의 감정을 선사합니다. 이는 시인 아이다 미쓰오와는 정반대의 잠언이며, "남자의 생식기쯤은 마음대로 쓰도록 내버려뒀으면 좋겠다"라고 써서 화장실에 붙이고 싶을 정도입니다.

긍정적인 사람은 분명 뒤를 돌아보기가 무서운 거겠지요. 부끄러운 과거, 혹은 자기 성격의 어둡고 나쁜 부분을 보기 싫어서 앞만 바라보려 합니다.

이와는 반대로 사노 씨는 뒤쪽을 직시하는 강인함을 지니고 있습니다. 산다는 것의 생생함, 추함, 괴로움을 찬찬히 바라보며 울적해하고, 암에 걸리기도 하며, 한국 드라마를 너무 봐서 턱이 틀어지기도 합니다. 그리고 밥을 지어 먹고, 소변을 보고, 목욕을 하고 잠을 잡니다.

사노 씨의 책을 읽으면 언제나 산다는 건 이런 거라는 생각이 듭니다. 심플한 진실만이 제시되어 있는 사노 씨의 작품을 읽으면 '인생은 번거롭고 힘들지만 밥을 먹고 자고 일어나기만 하면 어떻게든 된다'는 사실을 깨닫게 됩니다. 그리고 어쨌든 자신의 힘으로 밥을 지어 먹고 싶어지지요.

진정으로 우리에게 도움이 되는 책이란 이런 책을 일컫는 게 아닐까요? '섹스하지 않으면 안 된다'는 둥, '활기차게 살아가야 한다'는 둥 사람을 초조하게 만드는 책이 아닌, 밥을 지어 먹자는 생각이 드는 책. 그리고 '살아 있으면 언젠가 죽는다'는 사실을 일깨워주는 책.

그래도 저는 사노 씨가 좀 더 살아 있었으면 합니다.

"나 자신이 죽는 건 아무렇지도 않지만, 내가 좋아하는 가까운 친구는 절대 죽지 않았으면 좋겠다. 죽음은 내가 아닌 다른 이들에게 찾아올 때 의미를 가진다."

이러한 사노 씨의 말은 저에게도 진실이며, 사노 씨의 책을 좀 더 오래 읽는 것이 저의 소망입니다.

덧붙임.

이 문장을 쓴 직후, 2010년 11월 5일에 사노 요코 씨가 세상을 떠났습니다. 염세적인 태도 그대로 멋있게 떠난 사노 씨. 슬프지만 당신이 있던 자리에 상쾌한 바람이 남겨진 것 같습니다.

마음속 깊이 사노 씨의 명복을 빕니다.

- 사카이 준코酒井順子는 기자 출신의 프리랜서 작가다. 2003년에 출간된 『서른 살의 그녀, 인생을 논하다』로 고단샤 에세이상, 후진코론 문예상을 수상했다. 주요 저서로는 『책이 너무 많아』 『칭찬하는 것이 이긴다!』 『음식의 좁은 길』 『관광의 슬픔』 『용모의 시대』 『번뇌카페』 등이 있다.

불쾌하면서 유쾌하고,
짠하면서 박력 있는 날들의 기록

뛰어난 그림책 작가이자 에세이스트, 일본의 '국민 시인' 다니카와 슌타로를 남편으로 두었던 사람, 특이하고 까다로운 예술가…….

세간에서 말하는 사노 요코의 정의는 아마도 위와 같을 것이다. 그러나 만약 사전에 '사노 요코'라는 항목이 존재한다면, 나는 그 항목 아래에 다음과 같은 글귀를 몰래 써두고 싶다.

섣달그믐에 쓸쓸해 보이기 싫어서 비디오도 못 빌리는 사람, 편집자에게 독설을 퍼붓고 금방 자책하는 사람, 일하는 건 딱 질색이라면서 영원히 읽힐 아름다운 그림책을 만들어낸 사람, 암수술 직후에도 매일 담배를 피웠던 사람, 시한부 선고를 받고 돌

아오는 길에 재규어를 산 사람, 어린 시절부터 형제들의 죽음을
지켜본 사람, 그래서인지 자신의 죽음에도 초연했던 사람, 그럼
에도 어려서 죽은 남동생을 떠올리면 언제라도 눈물을 흘리는
사람.

냉소적이며 염세적인 면과 뜨겁고 감상적인 면이 뒤섞여 결
국 읽는 이의 마음을 한바탕 뒤흔드는 사노 요코의 글을 두
고, 담당 편집자는 "불쾌하면서 유쾌하고, 음울하면서 통쾌
하다"는 소감을 전해왔다. 이처럼 사노 요코는 한마디로 정의
할 수 없는 다층적인 매력을 가진 작가다. 고백하건대 그녀만
의 독특한 뉘앙스를 우리말로 옮기는 작업은 결코 쉽지 않았
다. 그녀의 들숨과 날숨을 제대로 옮기고 있는 건가, 라는 자
문 앞에서 나는 매번 자신감이 없어졌다. 할 수만 있다면 사노
요코의 집에서 온종일 그녀를 관찰해보고 싶기도 했고, 이 단
어는 왜 이렇게 썼는지, 저 문장은 어떤 맥락에서 태어난 것인
지 곁에 꼭 붙어 앉아 묻고 싶기도 했다. 하지만 그것은 불가
능한 소망이었다. 사노 요코는 이미 이 세상에 없으니까.

일면식도 없는 타인의 부재로도 사람은 외롭거나 쓸쓸해질
수 있었다. 내 질문에 답해줄 이가 없다는 점은 차치하고서라
도, 이처럼 괴상하면서도 웃긴, 짠하면서 박력 있는 글을 새로
써줄 사람이 더는 존재하지 않는다는 사실에 나는 허전함을

느꼈다. 정작 사노 요코 본인은 죽음 앞에서 태연자약했으므로 외로움, 쓸쓸함, 허전함 같은 감정은 남겨진 사람들이 오롯이 감내해야 할 것이다.

나는 어째서인지 사노 요코가 독설을 퍼붓거나 염세적인 발언을 할 때마다 쾌감을 느꼈는데, 그것은 아마도 이 묘한 할머니가 삶이란 생각처럼 찬란하거나 황홀한 게 아니라는 사실을 말과 행동으로 증명해내고 있다는 느낌을 받아서일지도 모르겠다. 남겨진 우리의 삶은 질기게 이어진다. 그 질긴 개개의 삶, 찬란과 황홀이 좀처럼 찾아오지 않는 삶이 자칫 서늘하거나 버겁게 느껴지는 순간에, 누군가 그녀의 거침없는 문장을 떠올리며 소소한 위로를 얻게 되기를 바란다. 사노 요코의 직설적인 문체가 주는 통쾌함, 사카이 준코가 「해설」에서 쓴 "상쾌한 바람"과 같은 느낌이 이 책을 읽는 분들께 전해질 수 있다면 옮긴이로서 더한 행복은 없을 것이다.

한없이 부족한 내가 번역을 할 수 있을 거라 믿어준 K, L, B, 늘 양서를 공급해주는 J, 변함없는 다정함으로 나를 감동시키는 S에게 감사한다.

2015년 7월

이지수